# パコと魔法の絵本

関口　尚

# パコと魔法の絵本

# プロローグ

雨がしとしとと降り続いていた。ぼくはぼんやりと窓から外を眺める。両親が手に入れたこの家はばかみたいに大きくて、近所の人たちからは「お屋敷」と呼ばれている。

このお屋敷は親父《おやじ》がルワールの社長に就任したときに購入したものだ。かれこれ十年ほど前の話になる。そして、このたび両親は、東京の郊外に新しいお屋敷を手に入れたために、ふたりして引っ越していった。ぼくは残った。こちらの家のほうが大学に通うのに便利なためだ。

しかしながら、このお屋敷はひとりで暮らすにはあまりにも広すぎる。だからぼくは一階のエントランスルームから続く大広間を、フラダンス教室に貸し出すことにした。知人の知人の兄の奥さんから、つまり、まったく知らない人なのだけれど、その人から貸してくれないかと頼まれたのだ。

フラダンス教室は、ここら東京山手《やまのて》の奥様連中がこぞって通っているようで、けっこう繁盛しているらしい。広い屋敷で練習できるということで、評判がいいみたいだ。貸し主であるぼくとしては、一日中ハワイアンを聴きながら南国気分で過ごせるし、貸し賃は入ってくるしと、一石二鳥のいいこと尽《ず》くめだと思っている。

窓枠に頬杖《ほおづえ》をついて屋敷の正門を眺める。ふと、全身黒尽くめの老紳士がお屋敷を見上げていることに気づいた。いまどきマジシャンくらいしかかぶっているのを見たことのないシルクハットをかぶり、やはりマジシャンが持っていそうなステッキを手にしている。ぼくがいる二階からでも見て取れるほどの、立派なカイゼル髭《ひげ》を生やしていて、その左右はぴんと天を指していた。

「やばい」

ぼくは慌てて玄関へと走った。昨日、堀米《ほりごめ》と名乗る老人から電話があって、訪ねていってもかまわないかと訊《き》かれたのだ。用件はよくわからないが、ぼくの親父のおじさんにあたる大貫《おおぬき》さんの仏壇に、用があるようだった。

ただ、昨日の電話で堀米さんは、

「浩一さんはいらっしゃいますか」

と尋ねてきた。浩一はぼくの親父の名前だ。ぼくの名前は浩二。堀米さんは大貫さんの知り合いでもあるし、うちの親父の知り合いでもあるらしい。それでもって、親父は家にいないけれどもかまわないかと尋ね返したら、かまわないと言っていた。

堀米老人を迎え入れ、二階の仏壇がある部屋に通した。仏壇は不謹慎ながら、クローゼットの中にしまってあった。大貫さんには子供がなく、仏壇の引き取り手すらいなかったために、甥《おい》っ子であるぼくの親父が引き取ることになったらしい。

「で、これですよね。堀米さんがご覧になりたいのって」

ぼくはクローゼットの戸を横に引いた。そのとたん、棚の上にあった本やアルバムや使わなくなった生活雑貨が雪崩《なだれ》のようにがらがらと落ちてきた。久々に開けたので埃《ほこり》もひどい。ぼくも堀米老人も、目をつぶって埃をやり過ごした。

「すいません。全然掃除してなくて」

苦笑いで堀米老人を見ると、彼はにっこりと笑って首を振った。

「かまいませんよ」

「うちの両親って去年の暮れに郊外に引っ越しちゃったんですけど、そのときにこの仏壇も持ってけって言ったんです。けれど、邪魔になるからって置いていったんですよ」

「なるほど」

「ぼくとしては、親父のおじさんにあたる人の仏壇なんて、なんの思い入れもないから、置いてかれて困ってるんですけどね」

埃がおさまった。すると、堀米老人がゆっくりと仏壇に近づいていく。ぼくは仏壇の扉を開けてあげた。久々におじさんの遺影と対面する。

このおじさんの顔を、いったいどう表現したらいいのだろう。ひと言で言うなら、怖い。老人とは思えないほど、ぎらぎらとした目をしていて、口はへの字で気難しそうだし、眉《まゆ》も太くて強情そうだ。頭のてっぺんは見事に禿《は》げ上がっているのだが、耳の上や後頭部には白髪が残っていて、それが炎のように逆立っている。鼻はしっかりとしていて、白い口髭がたっぷりと生えており、そのまま山羊《やぎ》のようなあご髭に繫《つな》がっていた。まるで、中世ヨーロッパの将軍のような容貌をしている。

幼い頃、おじさんの遺影が苦手だったことを思い出す。いつ見ても睨《にら》まれているように思えてしかたなかったからだ。

「写真になれば、静かなもんだ」

堀米老人が遺影を見つめてぽつりと言う。

「どういう意味ですか」

疑問に思って尋ねたが、堀米老人は答えない。不審に思っていると、堀米老人はいきなり遺影に手を伸ばし、むんずとつかんだ。ポケットから黒のマジックペンを取り出し、キャップを外して写真になにか書き込もうとする。

「ちょ、ちょっとなにするんですか」

慌てて堀米老人の腕をつかんだ。堀米老人は、むっとした顔をしたあと、老人とは思えないほど大きな声で叫んだ。

「いいじゃないですか！　ちょっと落書きするくらい！」

「落書き？」

「そうですよ！　落書きするくらいの権利は私にはある！」

「なに言ってるんですか。遺影に落書きなんて非常識ですよ」

老人に説教だなんてそれこそ非常識だと思ったが、さすがに黙って見ていられない。ぼくは堀米老人の手から遺影を取り上げた。

いったいなんなんだ、この老人は。言っていることも、やっていることも、どうもおかしい。堀米老人は昨日の電話で、うちの両親の知り合いだと名乗ったので、ぼくもすっかり気を許していた。だが、こんな人を家に上げるべきじゃなかった。

睨みつけていると、堀米老人は頭を下げて謝り始めた。拍子抜けと言っていいくらい、ぺこぺこと頭を下げる。

「すいません。本当にすいません」

どう対処したものかと困惑していると、堀米老人は許しを請うように上目遣いで訴えてきた。

「本当にすいませんでした。でもですね、この遺影の顔を見ていたら、むかむかしてきてしょうがなかったんです。だから、つい……」

「むかむか？」

「ええ。むかむかきましたね。だってこの遺影の顔はですね、土下座している人間を踏みつけているときの顔なんですから。私は忘れもしませんよ！」

話に脈絡がなくて、混乱しかかる。けれども、ぼくは心を落ち着かせてから尋ねてみた。

「それ、どういうことですか」

「おまえが私を知ってるってだけで腹が立つ！」

急に堀米老人が声を張り上げて言う。

「はい？」

「いまのはですね、この人の口癖なんですよ」

「おじさんのですか」

「そうです。この人は常々言ってました。『おまえが私を知ってるってだけで腹が立つ』ってね」

おかしな口癖だと思った。言葉の意味も、いまひとつよくわからない。このおじさんは、ぼくがもの心ついたときには、すでに亡くなっていた。だから実のところ、どんな人だったかぼくは知らないのだ。

「あ」と堀米老人が声をあげる。

「なんですか」

「ここにありましたか。ずっと探しておりました」

堀米老人は仏壇の棚に置いてあった金色のライターと絵本を手に取った。

その絵本は小学生のときに一度手に取ってみたことがある。けれども、あまりに汚くて読む気にならなかった。タイトルはたしか『ガマ王子対ザリガニ魔人』

だ。仏壇に供えられている絵本ということで縁起が悪いような気がしたし、一度ばらばらになったものをテープでくっつけてあって、気味が悪かった。

「その絵本、なんなんですか。テープでくっつけてあるし、最後のページも抜けてるみたいだし」

絵本についてなにか知っているらしい堀米老人に尋ねてみる。しかし、堀米老人はぼくの言葉が聞こえていないのか、絵本を見つめたまま感慨深そうに言った。

「この絵本さえなけりゃ、あの人の望み通り、みんなであの人を忘れてあげられたのに」

「おじさんの望み通り？」

「はい。あの人は自分の名前や顔が、人の記憶に残ることをすごくいやがっていた人なんです。周りの人間を見下してましてね、そういった虫けらみたいな人間の記憶に残るのを、すごくいやがっていたんですよ」

なるほど。だから、「おまえが私を知ってるってだけで腹が立つ」なんてことが口癖になっていたわけか。手にしていた遺影に視線を移す。そうした陰険な考え方が、いかめしい表情となって表れているように見える。

しかし、疑問が残った。『ガマ王子対ザリガニ魔人』がなければ、おじさんの望み通りにことが運んだとは、どういうことなのだろう。ぼくは堀米老人に尋ねずにいられなかった。

「絵本がなけりゃ、おじさんの望み通り忘れてあげられたって、どういうことなんですか」

堀米老人は、なぜかにやりと笑った。

「お聞きになりたい？」

ぼくはこくりとうなずいた。なにもかも疑問だらけだが、おじさんと絵本の関係を聞かせてもらえれば、おじさんのことも、絵本のことも、それから、この正体不明の堀米老人のことも、わかるような気がしたのだ。

「あれは、何年前のことだったか」

堀米老人は天井を仰いだ。深い呼吸をひとつしたあと、静かに語り出す。

「とある病院でのできごとでした」

手にしていた絵本に、堀米老人はいとおしげな視線を落とした。

そして、ぼくは聞かされることとなったのだ。遺影に写る大貫さんと、絵本と、絵本の持ち主だったパコという名の少女の物語を。それは、堀米老人がまだまだ若い頃の話で、ぼくが生まれるはるか昔のことだった。

# 1

その古くて小さな総合病院は、東京の郊外にあった。小高い丘の上に建っている緑豊かな病院で、入院棟である旧館は、かつて教会だったものを改築したぼろぼろの建物だった。

夜空に星が輝く夜のことだ。旧館の待合室で、大貫はふんぞり返るようにして長椅子に座っていた。

いったいどこであつらえてきたのかわからないが、大貫は緑の絹地に金の糸で刺繍《ししゅう》を施した豪奢《ごうしゃ》なガウンを羽織っていた。その下にはこれまた高価そうな緑を基調としたパジャマを着ている。彼を見て普通の入院患者と思う者はまずいないだろう。まるで夜をのんびりと過ごす大富豪といったところだ。

大貫は懐から葉巻を取り出してくわえた。純金製のライターで火を点《つ》け、いらだたしげに煙を吐き出す。そしてゆっくりと天井を仰いだ。

教会の礼拝堂を改築した病院とあって、天井は高い。ぐるりと見渡せば、木製の列柱や尖頭《せんとう》アーチ窓などが見える。これらは、まさに礼拝堂の名残だ。

「こんばんは」

横を向くと、滝田がいた。滝田は二十代の消防士だ。消火活動中に事故に遭ったらしく、その怪我が原因で入院している。聞いてびっくりな話だが、応援に駆けつけた消防車に轢《ひ》かれたらしい。左足はぽっきりと折れてしまったそうで、いまは松葉杖をついている。

「フン」

大貫は鼻で笑って滝田の挨拶《あいさつ》を無視した。消防車に轢かれたばかな消防士など、相手にするつもりは、さらさらない。

滝田は顔を曇らせたあと、待合室の隅にある公衆電話へと向かっていった。大貫は目の端でその様子を追う。どうせまた彼女と電話をするつもりなのだろう。夜な夜な彼女に電話をするのがあいつの習慣なのだ。

「もしもし」と滝田が電話で話し始めたとき、スピーカーから消灯時間を告げる『蛍の光』が流れ始めた。それに合わせて、誰かが歌いながら廊下を歩いてくる。歌は替え歌で、声からすると看護師のタマ子のようだ。

「いいーかげん、寝なーいと、パジャマ血に染まるー♪」

廊下の電気が奥から順々に消えていく。それに従って看護師が歩いてきた。やってきたのは、予想通りタマ子だった。

「またひとりばかが来た」

大貫はため息まじりにつぶやいた。タマ子は看護師だというのに、金色に近いような茶色に髪を染めている。白い肌をしていて、ぱっと見は美人だが、口は悪いし、すぐに怒鳴り出す。その患者を患者と思っていないような態度が、大貫は大嫌いだった。

「消灯だよ、滝田」

タマ子が滝田に告げる。

「あとちょっとだけ……」

滝田は松葉杖に寄りかかりながら、苦笑いで受話器を見せる。

「あとちょっとだけ？」

タマ子が片方の眉を上げて、脅すように低い声を出した。たじろいだ滝田がごくりと唾《つば》を飲む音を大貫は聞いた。二十歳そこそこの若い娘に、たじろぐこともなかろうに。大貫が心の中でせせら笑ったとき、タマ子が叫んだ。

「消灯だって言ってんだろ！　おめえの血、一滴残らず抜いてやろうか！」

滝田が慌てて受話器を置く。そして、長椅子に座る大貫のところまで走って逃げてきた。

そして、顔を寄せて小声で言う。

「大貫さん、消灯ですってよ」

きっと滝田は親切心で、そう言ったのだろう。タマ子に怒られる前に退散したほうがいいですよ、といった意味合いで。

しかし、それよりも大貫は、滝田が自分の名前を口にしたことが許せなかった。

「呼ぶな」

ドスを利かせた声で大貫は返した。

「はい？」と滝田が首をかしげる。

このばかには、こっちの考えなど、まったくわからないらしい。大貫はいらいらしながら言ってやった。

「気安く私の名前を呼ぶなと言ってるんだ。おまえが私を知ってるってだけで腹が立つ」

大貫は自分の名前を呼ばれるのを、なによりも嫌っていた。顔を覚えられるのも嫌いだった。相手がひと角《かど》の立派な人物ならまだいい。だが、滝田やタマ子のような、魚で言えば雑魚《ざこ》のような人間に、名前を呼ばれたり、顔を覚えられたりすると、虫唾《むしず》が走るのだ。もっと言ってしまえば、こういった雑魚のような人間に、記憶されるのが厭《いと》わしくてしかたがない。

雑魚が私の名前も顔も覚えるんじゃない。私という人間を記憶するんじゃない。大貫はいつもそう腹を立てながら六十年を生きてきた人間だった。

大貫の言葉に、滝田は口をあんぐりと開けて固まっていた。雑魚はいつもこういった反応をする。なぜそんなことを言われたのか、きっと頭の回転が鈍いために考えもつかないのだろう。

「おい、そこの名無しのじじい。消灯の時間だよ」

タマ子がいきなり大貫をそう呼びつける。

「名無しのじじいだと？」

「そうだよ。さっき滝田に名前を呼ぶなって言っただろ。てめえ、名前を呼ばれたくないんだろ？　だから、あたしは名無しのじじいって呼んでやったんだよ」

タマ子は腕組みをして大貫の前に立ちはだかった。

ばかな女だ。なんて口の利き方だ。大貫は怒る気にもなれなかった。それよりも笑いが込み上げてきて、こらえきれなくなり、タマ子と滝田を前にして高笑いしてやった。ひとしきり笑ったあと、嘲《あざけ》りの笑みを浮かべ、タマ子を睨みつける。

「最近じゃ、看護師ってやつは誰でもなれるみたいだな」

「なんだと」

タマ子が顔をしかめる。

「おまえみたいな育ちの悪い脳みそが空っぽの小娘でもなれるんだから、誰でもなれるってわけだろう」

「おい、こら！」

握りこぶしを振り上げて、タマ子が殴りかかってくる。だが、滝田が割って入った。

「駄目ですよ、タマ子さん。今度また患者を殴ったら、ほんとやばいっすよ」

大貫は滝田の言葉に、大きくうなずいてやった。

「滝田の言う通りだ。おまえ、今度患者を殴ったらクビだそうじゃないか」

タマ子は逆上しやすいたちで、患者を殴っては問題になっていた。患者が嫌味を言ったり、尻《しり》を触ろうとしたりすると、すぐさま殴りつける。先週も患者を殴っていて、今度なにか揉《も》めごとを起こしたらクビだと聞いている。

「チッ」

悔しそうに舌打ちをして、タマ子は振り上げていた握りこぶしを下ろした。大貫はその様子を満足そうに見届けると、「フン」と鼻で笑ってから一喝してやった。

「このクズ看護師が。とっとと失《う》せろ！」

負けずにタマ子が、目を見開いて言い返してくる。

「このクソじじい。患者だから手を出されないと思っていい気になりやがって。退院したら、絶対にぶっ飛ばしてやるからな」

「やれるならやってみろ」

「ああ、やってやるさ。でもってまた入院生活を送らせてやるよ。次は確実に長期入院だ、こら！」

「ちょっと、タマ子さん」

滝田がタマ子の肘《ひじ》を引いて諫《いさ》める。

「わかってるよ。もうやめるよ。こんな偏屈じじいをいつまでも相手する気は、あたしにもないよ」

タマ子は強引に滝田の腕を振りほどくと、すたすたと廊下を来た方向へと戻っていく。その途中、ぴたりと足を止め、くるりと振り向いた。大貫に向かってひと咆《ほ》えする。

「この偏屈大王が！」

病院中に聞こえるんじゃないかと思うような大声だ。慌てて滝田が駆け寄り、タマ子の背中を押して去っていく。大貫は横目でちらりと見て、もう一度「フン」と鼻で笑ってやった。

大きく息を吐いてから、目をつぶって首を振る。そうすることで、瞼《まぶた》の裏に残るタマ子と滝田の姿を、一刻も早く消してやろうと思った。そのくらい、忌々《いまいま》しいふたりだった。

本当にばかばっかりだ。大貫はいらだって座っている長椅子に、握りこぶしを落とした。

この病院は、おかしな連中ばっかりだった。看護師は敬語どころか丁寧な言葉遣いさえできない。入院患者は消防車に轢かれた消防士のようにまぬけなやつ。ほかにもおかしな医師や患者がたくさんいた。顔を合わせるだけで、いや、その声を聞くだけでいらいらするような人間ばかりだ。

なぜこんなひどい病院に入院しているかといえば、それもこれも甥っ子の浩一のせいだった。浩一がろくにこの病院について調べもせずに、自分を入院させたのだ。

大貫はいらだちを抑えきれなくなって、立ち上がった。長椅子の背もたれを足の裏で蹴《け》りつける。長椅子は大きな音を立てて、ひっくり返った。

ちょうどそのとき、消灯時間も過ぎているというのに、正面玄関のドアを叩《たた》く音がした。急患だろうか。誰かがガラス戸を必死に叩いている。このままじゃ、ガラスを割られてしまうかもしれない。大貫は面倒だったが、玄関へ行ってドアを開けてやった。

すでに明かりを落として暗いため、よく見えなかったが、転がり込んできた人影は大きく、男性のものだとわかった。影は呻《うめ》きつつ、大貫の足元に這《は》いつくばる。

大貫は懐から老眼鏡を取り出してかけた。次第に闇に目が慣れてきて、倒れている人物がはっきりと見えてきた。室町《むろまち》だった。

「せ、先生を」

　室町が腹を押さえつつ訴えてくる。だが大貫は冷ややかな心持ちで、床でのた打ち回る室町を見下ろした。こいつが死のうとして失敗し、病院に運ばれたり、駆け込んできたりするのはいつものことなのだ。手首を切ったり、首を括《くく》ったり、クスリを飲んだりして、何度も死のうとしている。だが、臆病なのか下手くそなのか、死に至ることはなく病院へとやってくる。

　なぜ室町が何度も死のうと試みているのか、まったく理解できない。室町はまだ若い。二十代半ばといったところだろう。顔立ちだってなかなかのハンサムだ。それなのに死にたいだなんて、不可解以外のなにものでもない。これからいくらだって未来があるというのに、愚かとしか言いようがない。

　死ぬ、死ぬ、と周囲に言っては結局死なず、迷惑ばかりかけている室町を、大貫は無性に嘲ってやりたくなった。

「おい、今日はいったいどうした。なにをした。クスリを飲んだのか」

　室町は歯を食いしばってなんとかうなずいた。額から流れる汗の量は尋常じゃない。服毒死しようなんて一度だって考えたことはないが、そんなにも苦しいものなのだろうか。

「なあ、室町よ。おまえ死にたいんだろ？　だったらなんでここに来るんだ。なんでまたこの病院に戻ってくるんだよ」

よほど苦しいのか、室町は仰向けのまま手を伸ばしてくる。非常口誘導灯の明かりで浮かび上がった彼の手首は傷だらけだ。いわゆるためらい傷というやつだろう。

大貫はわざとその手首の上に、葉巻の灰を落としてやった。

「熱い！」と室町が叫ぶ。大貫は口の端をにんまりと上げつつ言った。

「おっと、悪い悪い。そこにいたのか。私はゴミかと思ったよ」

室町みたいな人間を前にしていると、心の底からどんどん黒い感情が湧《わ》き上がってくる。こんな弱い人間はゴミでしかない。いや、ゴミ以下だ。この世が生きにくいというのなら、さっさと死ねばいいものを。

「ちょ、ちょっとなに？　誰か倒れてるの？」

廊下の奥から声がした。声の方向を見ると、そこには木之元《きのもと》が立っていた。

木之元はいかつい体をしているが、少女が着るようなメルヘンチックなピンク色のパジャマを着ている。赤い花とハートマークがたくさんあしらってあって、ふりふりのレースがついたやつだ。

髪型はひと昔前のキャリアウーマンを意識したかのような、前髪が一直線にそろったおかっぱ頭をしている。しかしその顔は髭の剃《そ》り跡が青々と残る中年の男性のものだ。つまり、木之元は年季の入ったオカマなのだ。

木之元は内股《うちまた》で小走りに駆け寄ってくると、声を裏返して叫んだ。

「え、室町君？　嘘《うそ》……。室町君が倒れてるの？」

「そうみたいだな」

大貫は耳をほじりながら答えてやった。

「誰かちょっと来て！　室町君が！」

木之元は大慌てで助けを呼んだ。裏返ったオカマ声だ。木之元に慌てぶりに、大貫は笑いが込み上げてきた。なにを助けなんか呼んでるんだ。室町は死にたがってるんだぞ。それなのに助けを呼んでやるなんて、ばかなやつだ。

大貫は室町を侮蔑《ぶべつ》の視線で見下ろし、大きな声で言ってやった。

「おめでとう、室町。また入院だな。そんでもって治ったら退院して、また自殺して、また戻ってくればいい。気がすむまで何度でもそのばかげた行為をくり返せ」

室町は呻くだけでなにも答えない。その姿は蛆虫《うじむし》のように見えた。虫唾が走って、声はさらに大きくなった。

「だがひとつだけ言っておくよ、室町。私の名前だけは覚えるなよ。おまえのゴミ溜《た》めみたいな頭の中に私はいたくないからな。わかったか！」

先ほどの木之元の助けを呼ぶ声が聞こえたらしい。タマ子が廊下を走ってきた。

「室町！」

タマ子は室町に駆け寄ると、甲斐甲斐《かいがい》しく抱き寄せた。

くだらん。大貫は目の隅でその光景をせせら笑いながら、待合室を出た。

すると、廊下の隅の暗がりから、猫の鳴き声が聞こえた。室町が病院に入ってきたときに、玄関が開け放しになっていたのだろう。きっとそこから猫が迷い込んだのだ。最近この病院の中庭を我が物顔でうろついているやつにちがいない。

そうだ、と大貫は手を打った。いいことを思いついた。ついつい笑いが込み上げてくる。笑いを嚙み殺しながら、暗がりの中の猫をそっと呼び寄せた。

## 2

明くる日、滝田は肩をがっくりと落としながら、待合室へと向かった。昨夜は消灯時間がやってきてしまって、彼女と電話でろくに話ができなかった。彼女は日中は仕事をしているため、なかなか電話がつながらない。入院してからというもの、彼女と話をするのだけが楽しみだし、唯一の心の支えなのだが、このままじゃすれちがいが生まれてしまいそうだった。

待合室に入ると、長椅子に木之元が座っていた。いかにもオカマっぽくしなをつくり、馴《な》れ馴《な》れしく手招きをしてくる。

もしかして、自分以外の誰かを呼んでいるのかと、いや、そうであったらいいなと期待して滝田は周りを見渡した。だが自分以外には誰もいない。

しかたなしに木之元の隣に腰かけると、オカマ調の甘えた声で話しかけてくる。

「ねえねえ、滝リンコ」

滝リンコっていったい誰だ。いままでそんなふうに呼ばれたことは一度もない。滝田は生真面目な顔で返した。

「滝リンコじゃなくて、滝田です」

「それよりさ、昨日の大貫さんはひどいよね」

「ああ」

滝田はすでに眠ってしまっていて知らなかったのだが、大貫さんと室町君の話は、病院中の噂《うわさ》となっていたので聞いていた。大貫さんは、クスリを大量に飲んで倒れていた室町を助けようともせず、ばかにして見下ろしていたのだとか。たしかにひどい。今朝、タマ子も目を剝《む》いて怒っていた。

大貫さんは大きな会社の会長で、偉いし、お金も持っているし、立派な人なのだろうけれど、どうも人間が捻《ね》じ曲がっている。顔を覚えるな、名前を記憶するな、と言われても、それは無理な話だ。それに大貫さんは自分以外の人間はみんなばかだと思っていて、虫けらと接するような態度をする。当然ながら、病院にいる誰からも嫌われている。

「そういえば、室町君は大丈夫なんですか」

滝田は尋ねてみた。自殺未遂で救急車が呼ばれることは、消防士として消防署に当直しているとき、しばしばあった。救急隊員たちが、すごく大変そうだったことを思い出す。

「大丈夫みたいよ。胃の洗浄とかけっこう大変だったみたいだけど」

「よかったですね、無事で」

「そうね」

木之元はにこりと微笑《ほほえ》む。それにしても、厚化粧の下から浮き出る髭面がかなり強烈な印象だ。滝田は見ていられなくて、下を向いた。

「ところでさ、あれ」と木之元が肘で小突いてくる。

「なんですか」

「あれよ」

木之元が指差す方向を見ると、そこには公衆電話で話をしている龍門寺がいた。

龍門寺は、噂ではどこか大きな暴力団の組員らしい。まだ三十歳くらいだろうに、頭はいまどき流行《はや》らないパンチパーマだ。ひょろっとした体つきをしているのだけれど、目は鋭く威圧感があって、この前廊下ですれちがったとき、ついつい目をそらしてしまった。

「さっきからね、龍門寺のやつ、何度も『順平、順平』ってくり返してるの」

木之元が耳打ちしてくる。滝田も耳をすますと、たしかに龍門寺は、その「順平」という名前をしきりに口にしていた。

「他人の電話を聞いちゃまずいですよ」

滝田は首を振ってから木之元に言う。盗み聞きはよくない。

「だって聞こえてきちゃうんだもん」

「けど……」

「あたし思うんだけど、きっとあれよ。順平って子分よ」

「子分？」

「そう。組の子分」

「なるほど」

あの龍門寺だったら、子分のひとりやふたりいてもおかしくない。木之元の説は正しい気がした。

電話に向かってしきりにうなずいていた龍門寺が、だんだん静かになってくる。どうやら、そろそろ電話が終わるようだ。龍門寺はやさしそうな声で最後に言う。

「そっか。まあ、順平が戻ったら、ようしたってな」

木之元が再び耳打ちしてくる。

「ねえ、いまの聞いた？　順平が戻ったらだって。きっと順平って刑務所で服役中なのよ」

「かもしれませんねえ」

きっと龍門寺の周辺で、組同士の抗争かなにかがあり、子分の順平は警察に捕まってしまったのだろう。もしかしたら、龍門寺がひどい罪を犯したのに、順平は身代わりとして警察に出頭したのかもしれない。

電話を終えた龍門寺が、滝田と木之元のほうへとやってくる。滝田は体が強張《こわば》った。龍門寺はとんでもない大悪党かもしれない。そして、自分と木之元はさっきの電話で彼の秘密を知ってしまったかもしれない。

秘密を知っているとばれたら、ただじゃすまないかも。滝田は近づいてくる龍門寺からそっと目をそらした。

廊下を走ってくる音がした。待合室にいる誰もが、その足音の方向へと注目した。走ってきたのは、なんと医師の浅野だった。

「みなさん、おはようございます」

浅野は朗らかに挨拶をする。しかしその格好がおかしい。というか異常だ。滝田は自分が見ている浅野の姿が幻なんじゃないかと、木之元と龍門寺のふたりを窺《うかが》った。だが、ふたりとも同じように驚いて、目を丸くしていた。やはり、幻じゃない。

医師の格好といえば当然、白衣だ。けれども、浅野は緑色のジャージに、緑色のタイツをはいていた。さらに、赤い羽根が刺さった緑色のとんがり帽子をかぶっている。

「なんやねん、先生。その格好は」

龍門寺が、あ然としつつ尋ねる。木之元がその後ろで、うんうんとうなずく。

「これ？　見ればわかるじゃない」

浅野は得意げに言う。

「わからないですよ」

滝田がつぶやくと、浅野は残念そうに肩を落とした。

「ピーターパンだよ、ピーターパン」

そう言われれば、そう見えないこともない。しかしそれよりも、なぜ医師の浅野がピーターパンの格好をしているのだろう。浅野は三十代半ばの医師だ。顔はなかなかイケているが、さすがにピーターパンの格好は似合わない。

もしかしたら、医師としてのハードな勤務で、頭がおかしくなってしまったのだろうか。

滝田が困惑しつつ龍門寺と木之元を見ると、ふたりも困惑の視線をこちらへ向けていた。

「そっかあ。お芝居のために気合い入れてきたんだけど、空回りしちゃったなあ」

浅野が恥ずかしそうに、頭をぽりぽりと掻《か》く。

「お芝居ってなんですか」

滝田が質問すると、浅野はびっくりした顔になる。

「あれ？　君たちはまだ掲示板を見ていないんですか」

「掲示板？」

「ええ」

浅野はあごをしゃくって、待合室の入口そばにある掲示板を指した。そこにはでかでかと「サマークリスマス」と書かれたポスターが貼ってあった。

たしかサマークリスマスは、この病院の旧館の恒例行事だと聞いた覚えがある。毎年医師も患者もいっしょにお芝居をやって、交流を深めるのだとか。

この病院の院長が、オーストラリアの大学病院に留学した経験があるそうで、そのときに病院で体験したクリスマスの行事がとても楽しかったらしく、日本で病院を開業してから同じような行事を始めたのだという。ただ、南半球にあるオーストラリアは、北半球にある日本とちがって、クリスマスは日本でいうところの夏にやってくる。つまり、暑いクリスマス。院長はそうした雰囲気までまねしたかったらしく、恒例行事を夏のいまの時期に移して行うことにしたのだそうだ。

「今年のお芝居はピーターパンなんてどうかなって思ってね」

浅野はその場でくるりと回ってみせた。せっかく着たそのピーターパンの衣装を、見せつけたいらしい。

「なるほどね、だから先生は、そんな恥さらしなタイツ姿をしてるのね」

木之元は安心したのか、嫌味たっぷりに言う。

「そう邪険に扱わないでよ、ウェンディー」

浅野が冗談まじりにそう言うと、木之元は冷たく返した。

「誰がウェンディーよ」

「いっしょに冒険の旅に出かけないか」

「それっていっしょにお芝居をやらないかってこと？」

「イエス」

大きく浅野がうなずく。

「残念だけど、やめておきますわ」

「どうして」

「あたし、重症ですから」

木之元は首のコルセットを指差した。

「そっかあ、そうだよねえ」

浅野は心底残念そうにうなだれた。しかし、ふいに顔を上げると、にこやかに微笑んで滝田を見た。

「じゃあ、滝田君はどうだい？」

めげない人だ。滝田は苦笑いしながら答えた。

「残念ながら、ぼくも軽症じゃなくて……」

肩をすくめて自分の格好をアピールする。松葉杖にギプスに包帯だらけ。本当に残念ながら重症だ。

「まいったな。これじゃピーターパンがひとりぼっちになっちゃうよ」

浅野が悲しげにぼやく。誰も協力してやらなくて、かわいそうな気がしてくる。だが、横にいる龍門寺は、さすがに手伝わないだろう。お芝居という柄ではない。演じるにしても、極道以外の役柄なんて絶対に無理だ。ピーターパンのようなファンタジーはまったく似つかわしくない。

きっと浅野も誘うまい、と思ったが、驚いたことに浅野は果敢に声をかけた。

「龍門寺さんはどう？」

「わし？　わしが芝居？」

「はい。フック船長の役で」

滝田は面白くて、つい噴き出してしまった。たしかに人相が悪い龍門寺は、悪役のフック船長にぴったりだ。けれども、それを口にしちゃいけない。失礼にもほどがある。

当然、龍門寺は顔を真っ赤にして怒った。

「誰がフック船長じゃ、こら！」

すごい迫力だ。怒鳴られたのは浅野なのに、滝田も思わず首をすくめた。木之元も怯《おび》えつつあとずさりする。

しかし、怒鳴られた当の本人である浅野は、怖がるでもなく、釈然としない様子でつぶやいた。

「龍門寺さんがフック船長って、ベストのキャスティングだと思ったんだけどなあ」

滝田は木之元と顔を見合わせ、龍門寺に気づかれないように、こっそりと笑った。浅野は飄々《ひょうひょう》としたところがあって、誰もが苦手とする龍門寺のような強面《こわもて》の人間に対してでも、人を食ったような態度を取る。

「そうそう」と浅野はなにか思い出したらしく、手を合わせてポンと叩いた。

「そういえば、龍門寺さん」

浅野はいかにも医師といった顔つきになって、龍門寺の顔を見据えた。

「な、なんや」

調子を狂わされたのか、龍門寺は戸惑いつつ返事をする。

「明日の午後、時間が空いてるときでいいですから、私の診察室へ来てください」

「なんでや」

「あなたの体の中から出たものについて、お話があるんです」

龍門寺の体がびくっと震えた。なにか事情があるかのような震え方をする。

「わ、わかった。明日の午後やな？」

「ええ、午後に」

浅野が生真面目な口調で答えると、龍門寺は誰とも視線を合わさないようにしつつ、待合室を出ていった。

「どっか悪いんですか」

木之元が興味津々といった顔で浅野に尋ねる。

「いや、そんなことないですよ」

答える浅野は朗らかな表情だ。嘘を言っているようには見えない。

「じゃあ、なんで」

「ないしょです」

浅野はそう言うと、滝田と木之元のふたりを交互に見てから、また芝居がかった口調で言った。

「さてと、そろそろまた仲間を探しに行かなくちゃ。いざ、ネバーランドへ！　アハハハハ」

突然、浅野は駆け出した。ポケットから金粉を取り出して、それを撒《ま》き散らしながら走っていく。やっぱりおかしな人だ。

正直言って、お芝居はいやじゃない。けれど、あの浅野が音頭を取っているとなると、協力することに躊躇《ちゅうちょ》してしまう。

「うまくいくんですかね、お芝居」

木之元に尋ねると、興味なさそうに短く言う。

「さあね」

「出演者が入院患者のピーターパンってひどい話ですよね。病気だったり、怪我してたりで」

「そんなネバーランド、あたし行きたくないわ」

「ぼくもですよ……」

滝田と木之元は、廊下の奥へと走っていく浅野を、やや冷ややかな視線で見送った。

## 3

大貫がホテルをチェックアウトして、ぶらぶらと散歩してから昼過ぎに病院へ戻ると、大騒動になっていた。病院の誰にも告げずに、ホテルで一泊したためだった。

最も騒いでいたのは看護師長の雅美だった。雅美は甥っ子である浩一の妻だ。これが蛇のような女で、金目のものには目ざとく、そして一度欲しいと思ったらやけに執念深かった。

以前、乗らなくなったベンツを売り払ってしまおうと雅美の前で口にしたら、安く譲ってくれないかとしつこくつきまとわれた。もともとは二千万円のものだったが、格安の八百万で譲ってやると言ったら、もっと安くして欲しいという。どのくらいなら買うのかと尋ねたら、なんと五十万と答える。

ほとんど乗っておらず、まったく傷んでいない二千万のベンツを、五十万で買おうとするなんて、まったく話にならない。大貫は雅美を怒鳴りつけて追い払った。

しかしそれからがしつこかった。だったら六十万で、頑張って七十万で、とつきまとってきて、夜中に電話までしてくる。

ほとほと疲れた大貫は、根負けして本当に五十万で譲ってやった。いじきたない雅美を侮蔑する意味で、本当に五十万で譲ってやったのだが、彼女はそうした意図など、まったく気づいていないようだった。

ともかく、しつこい女で、噂では大貫が興した会社であるルワールの社長の椅子に、夫の浩一を就かせたいらしい。大貫が社長を退いて、会長に就任したいまがチャンスだと思っているようだ。

ばかなやつだ。浩一に社長が務まるわけがない。浩一はぼんやりとした男で、大学を卒業したあと就職口が見つからず、ふらふらとしていた。大貫はそれを見かねて、浩一をお情けでルワールに入れてやったのだ。そんな男を社長にしようだなんて、雅美の野望はとんでもなく大それていて、かつピント外れなのだ。

「あら、おじさま。昨日はいったいどちらにお泊まりになられたんですか。お部屋にいなくて、本当に心配したんですのよ。会社に電話しても、社長のお宅に電話しても、いらっしゃらないんですから」

大貫が待合室に行くと、雅美が大きな尻を振りながら一目散に駆けてきて、猫なで声でそう言った。

「ホテルだよ、ホテル」

「ホテル？」

「ああ、そうだ。ホテルに泊まったんだ」

一泊したホテルの名前を告げると、雅美は素《す》っ頓狂《とんきょう》な声を出した。

「そんなお高いホテルに？」

「ああ、そうだ。ちょっとむしゃくしゃしたから、気分転換にスイートに泊まってやったんだ」

昨日、医師の浅野が病室までやってきて、いっしょに芝居をやらないかと誘ってきた。しかもおかしな緑色の格好をして。話を聞いてみれば、ピーターパンの格好だという。ふざけるなと思った。こういう頭のおかしな医師に自分の体を診てもらっているなんて、と思ったら、いらいらして病院で過ごすのがいやになった。

「そうだ。これを払っておいてくれ」

大貫は着ていたスーツのポケットからホテルの請求書を取り出して、雅美に押しつけた。請求書に書かれている金額を見て、雅美が固まる。

「あの、おじさま。これ、やけにお高くありませんか」

「ワインを一本抜いたからな」

待合室の長椅子に腰を下ろし、金色のライターで葉巻に火を点ける。

「おじさま、お酒を飲まれたんですか」

「誰が飲んだと言った。開けただけだ。匂いを嗅《か》いで飲むのはやめた。たいしたワインじゃなかったからな」

「じゅ、十五万のワインを、抜いただけ……」

雅美は請求書を見つめて、わなわなと震えた。金にがめつい雅美にしてみれば、請求書を回されるなんて、ひどく腹立たしいことにちがいない。

だが、夫の浩一をルワールの社長のポストに就かせたい雅美にとって、会長である大貫の言葉は絶対だった。どんなに屈辱的なことだろうと、受け入れるしかない立場だ。だから大貫はわざといやがらせで請求書を雅美に回したのだ。

「いやなら払わなくてもかまわんぞ」

渋っている雅美に、意地悪で言ってやる。

「いや、別にいやってわけじゃ……」

「私は株式会社ルワールの会長様だ。別に金には困っておらんからな」

ルワールの名前を出しただけで、雅美の顔つきがへつらうようなものに変わった。

「おじさま。ぜひぜひ私に払わせてくださいな」

雅美は甘え声で体をくねらせた。

ルワールは大貫が一代で築いた。もともとは科学の実験器具を大学や研究機関に納める下町の小さな町工場だったのだが、大貫の独創的なアイデアで安くていい実験器具を発明し、受注をどんどん伸ばした。会社が大きくなると化粧品や食品を製造販売する会社を吸収合併して傘下に治め、不動産業に手を出してからは急成長し、いまではホテルやスキー場やデパートまで経営する大企業になっている。いまや年商は六百億円を超えている。この巨大なルワールグループをマスコミは「帝国」と呼ぶ。さしずめ、大貫はルワール帝国の帝王といったところだ。

旧館の玄関前に、タクシーが横づけされるのが見えた。スーツ姿の男が降り、病院へと入ってきた。線の細い男で、影も薄い。存在感がまるでない。大貫は老眼鏡をかけずとも、それが誰だかわかった。甥っ子の浩一だ。

「おじさん、元気？」

のん気な声で、浩一が尋ねてくる。大貫はそれを無視して、傍らにいた雅美に言った。

「ほら、来たぞ。おまえのいとしのばか旦那がな」

大貫は浩一と話などしたくなかった。目も合わせたくなかった。浩一は自分をこんなゴミ溜めみたいな病院に入院させた張本人なのだ。

以前、どうしてこんなクソ病院に入院させたのか、問い詰めたことがある。すると浩一は、自分の嫁である雅美が看護師長として働いている病院だから、きちんとしたところだと思ったと平然と答えた。

だがしかし大貫に言わせれば、ばかな浩一のばかな嫁が勤めている病院だ。ひどい病院に決まっている。こんな簡単なことがわからないなんて、本当に腹立たしい。

「あ、あなた……。なんでここにいるの」

やってきた浩一に、雅美が怪訝《けげん》そうな顔で尋ねた。

「どういう意味？」と浩一が答える。

「会社は？　忙しいんじゃないの？」

「みんな忙しそうだけど、ぼくは全然」

浩一は手をぷらぷらとさせて、暇をアピールした。大貫は思わず笑った。きっと役立たずの浩一は、会社で厄介払いされたのだ。仕事に邪魔なために、大貫の様子を見てくるようにと会社の連中に言いくるめられ、それを疑いもせずにのこのこと病院へやってきたのだろう。

大貫は嫌味たっぷりに言ってやった。

「よかったな、浩一。あんまり忙しそうじゃなくて」

雅美が、むっとした顔をする。自分の夫が会社で居場所がなくて暇を出されたことを、ちゃんと見抜いているようだ。

だが、言われた当人である浩一は、まったく気づいていない。にこにことしながら答えた。

「うん、忙しくなくてよかったよ。おじさんをお見舞いに来る時間が取れたしね」

「そりゃあ、よかった。どうやらおまえがいなくても会社は大丈夫みたいだしな」

「うん。仕事は会社のみんなに任せておけば、まちがいないからね」

浩一は、自分が会社にとって不必要な人間であると、自ら語っていることに気づいてもいないようだ。これほどまでまぬけな男だったとは。大貫もさすがにびっくりした。

じっと話を聞いていられなくなったのだろう。雅美が鋭い声を出した。

「ちょっとあなた。こっちに来て」

「なんで」と浩一が首をかしげる。

「いいからこっちに来て」

雅美はじろりと浩一を睨みつけると、その手を取って無理やり廊下の奥へと引っ張っていった。

「こりゃあ、このあとひどく絞られるわね」

気づくと長椅子の後ろの列に、木之元がいた。その隣は滝田だ。

「浩一さんて、ちょっとチャンネルがちがっちゃってますよね」

滝田が木之元に耳打ちするが、その声は大貫にもしっかりと聞こえていた。歳《とし》を取ると目は見えなくなるが、小さい声や音にはやけに敏感になるものだ。

「うん、浩一さん、悪い子じゃないんだけど……雅美ちゃんが鬼みたいな女だからね。まさに鬼嫁。ああ、怖い」

木之元は自分で自分を抱きしめて、ぶるぶると体を震わせた。

「おい」と大貫はふたりに話しかけた。言ってやろうと思っていたことを思い出したからだ。

「なにか用？」

大貫を嫌っている木之元は、つんとした顔で答える。

「最近、中庭や玄関先で、毎晩ぎゃあぎゃあ鳴いていた猫がいただろ」

「ミーちゃんのことですか」

滝田が訊いてくる。

「ミーちゃんだかなんだか知らんが茶トラの猫だよ。あのばか猫が、この前みじめったらしく擦り寄ってきたから、蹴り飛ばしてやったわい」

「はい？」

滝田と木之元は声をそろえて訊き返してきた。

「だからな、あのばか猫を蹴っ飛ばしてやったんだよ。そしたら、足をカックンカックン引きずって逃げていったよ」

大貫は思い出し笑いでにやにやしているうちに、笑いが止まらなくなった。大きな声で笑ってしまう。みじめったらしく逃げていくあの猫の姿は、あまりにも滑稽《こっけい》だった。あれこそ貧弱な生き物にふさわしい逃げっぷりだった。

「蹴ったのっていつのことですか」

滝田がやや気色ばみながら尋ねてくる。

「おとといの夜だったかな」

「だからミーちゃん昨日も今日も姿を現さなかったんだ。いつもいるのに、なんでいないんだろうって思ってたけど、大貫さんがそんなことをしてたなんて」

「なにが悪い？　たかが野良猫じゃないか」

　そう言って大貫はさらに笑った。

「なんで笑ってられんの」

　木之元が険しい表情で長椅子から立ち上がった。だが、オカマが怒ったところでまったく迫力がない。

「だって蹴っ飛ばしたあと、猫の歩き方が本当におかしかったんだよ。後ろ足をさ、カックーン、カックーンって引きずっちゃってさ」

「大貫さん！」

　ひと際高い声で、木之元が怒る。大貫は興醒《きょうざ》めして笑みを消した。いらだちがむくむくと湧き上がってきて、腹立たしさで身悶《みもだ》えしそうになる。オカマとドジな消防士が、自分に楯突《たてつ》くなんて百年早い。

「おまえら、何様のつもりだ」

　大貫も長椅子から立ち上がり、木之元と滝田を睨みつける。木之元は怯《ひる》まずに言い返してきた。

「何様かどうかなんて、いまの話には関係ないでしょう。なにが正しくて、なにが正しくないかが問題じゃないの？」

た。

「フン」と大貫はこれ以上できないというほど強く鼻息をもらし、木之元を指差して言った。

「あんたが私を知ってるってだけで腹が立つ」

木之元はしばし大貫を睨んでいたが、ぷいと視線を外すと、中庭へとドアを開けて出ていった。きっと猫を探しに行ったのだろう。

残った滝田が、ゆっくりと立ち上がる。

「ぼくが大貫さんに意見するなんて、百年早いってわかってますよ。けどね」と滝田は静かに言う。

「けど、なんだ?」

「大貫さんがやったことは、人としてひどいことですよ」

滝田は松葉杖をついてよろけつつ、木之元と同じように中庭へと出ていく。

「おい、滝田。おまえみたいなまぬけな消防士が私に口を利くなんて、百年どころか千年だって早いわ!」

「うるさいって……」

「うるさい!」

声が聞こえていただろうに、滝田は無視して出ていった。木製のドアが閉まり、待合室は大貫ひとりとなった。

あの猫のミーちゃんが、この病院の患者連中がかわいがっていた猫であることは、大貫も知っていた。やつらは甲斐甲斐しくエサをやり、ときには体を洗ってやったりしていたのだ。

そうしたみんなから世話をされている猫だからこそ、大貫は蹴り飛ばしてやったのだ。みじめったらしい野良猫の分際で、人に甘え声で取り入って、エサを恵んでもらういやしさが我慢ならなかった。

足に、猫を蹴り飛ばしたときの感触がよみがえってくる。猫の悲鳴を思い出すと、自然と頬に笑みが浮かぶ。弱いものは強いものに蹴散らされる運命にある。そうした真理に則《のっと》った行動を、なぜ咎《とが》められなくちゃならんのか、さっぱりわからない。

せっかく愉快になりかけたのに、木之元と滝田のことを思い出したら、またいらいらとしてきた。ひとまず自分の病室へ戻ることにしよう。

待合室の隅にある階段へと足を向ける。その瞬間、ぎゅっと心臓が締めつけられた。

きちまった――。

大貫は心の中でつぶやいた。心臓がぎりぎりと痛んで、息が苦しい。全身の毛穴から汗が噴き出し、めまいで立っていられなくなる。

あれは一週間前のことだ。ルワールの定例会議中、大貫は心臓が痛くなって倒れた。それ以前より、会社の健康診断で高血圧であることはわかっていた。処置せずにいると、心臓に負担がかかって危ないと、医師から警告をされてもいた。心臓が肥大し始めているので、いつか心不全で倒れるとのことだった。

しかし、処置はまったくしなかった。自分はルワール帝国の舵《かじ》取りをしなくちゃいけない人間だ。自分が欠けたら、帝国は脆《もろ》く崩れてしまうかもしれない。そういった使命感や危機感で、体を休めることも処置をすることもしなかったのだ。

そして、そのまま心臓への負担は限界を超え、大貫は会議中に倒れ、浩一の指示のもと、ゴミ溜めみたいな病院へと運ばれたのだった。

痛みに耐えきれず、大貫は再び長椅子に手をつき、ゆっくりと腰を下ろした。すると、ピンポーンとクイズ番組の早押しボタンを押したときのようなチャイムが鳴った。

いったいなんだ、と身構えると、

「お呼びですか」

と堀米が現れた。期せずして、大きなため息をもらしてしまった。

堀米はいつもとんちんかんなことを口走っているおかしな男だ。神出鬼没で、会いたくないときに限って現れる。年齢は不詳、結婚しているのかどうかもわからないし、どんな病気で入院しているのかもわからない。

ともかく、目障りな病院内の鼻つまみ者であって、こちらから呼び出すようなことは、絶対にあり得ない。

「おまえなんか呼んじゃいない」

大貫は痛む胸を押さえながら、なんとか言った。

「いや、でも、ボタンを押したでしょ。だから私は飛んできたんですよ」

「ボタン？」

「ええ、そのボタン」

堀米は長椅子を指差した。手元を見ると、長椅子の上にはいつの間にか早押しボタンが置かれ、自分の手はそのボタンを押していた。心臓が苦しくて、触れていることにすら気づかなかった。

「別に私は押そうと思って押しちゃいない。手を置いたら、たまたまあったんだ」

大貫はいらいらしながら言った。胸が痛いというのに、堀米の相手をしなくちゃならないのがつらい。

「なるほど」と堀米は手を叩いてうなずくと、まるで謎を解き明かした名探偵のような口調で続けた。

「山があるから登るって理論ですね」

「は？」

「教室にサオリちゃんのリコーダーがあったから、舐《な》めちゃうってやつですね」

「なにをわからないことを言ってるんだ」

「いや、ですからね、幼い頃よくある話じゃないですか。教室でひとり残っていたら、たまたまサオリちゃんのリコーダーを見つけてしまって、でもってたまたま舐めてしまったら、サオリちゃんがたまたま帰ってきてしまって、『きゃあ、堀米君なにしてるの、変態！』なんて嫌われてしまって、というたまたまの理論ですよ。人が悪いんじゃなくて、たまたまシチュエーションがそうだったから起こるってやつです。ちなみに、リコーダーの場合は、名づけるとすれば〝思春期のたまたま理論〟ってところでしょうか」

言っていることがさっぱり理解できなくて、大貫は顔をしかめた。

「なんなんだ、おまえは」

「私ですか？　私は人間です。この世でいちばん悲しい生き物ですよ」

「そうじゃない。なにが言いたいのかわからんと言ってるのだ」

大貫は声を荒げた。だが、堀米は大貫の声などまるで耳に届いていないようで、ひとり悦に入って語り続けた。

「ああ、人間ってなんて悲しい生き物なんだろう。欲望まみれで、裏切ったり、争ったり、本当に醜い！」

　もはやついていけない。大貫は吐き捨てるように言ってやった。

「欲望まみれで、裏切ったり、争ったりするのが人生ってやつじゃないか」

　事実、大貫はそうやって生きてきた。自分の価値を高めるために戦い続け、ときには裏切ることもあった。そうした戦いを続けてきたからこそ、大貫はルワールという帝国を手に入れられたのだった。

「いやだ。人間なんて！」

　突然、堀米が叫ぶ。大貫がたじろぐと、堀米はさらに叫んだ。

「私はお花になりたい！　鳥や虫になりたい！　サオリちゃんのリコーダーになりたい！」

　以前より、この堀米という男はどうもおかしいと思っていたのだが、もしかしたら頭のネジがゆるくて入院している患者なのかもしれない。

「おい、おまえ。もういい。言ってることがさっぱりわからん。失せろ。そして二度と私に話しかけるな」

　大貫は手で堀米を追い払った。しかし、堀米は大貫の言葉を聞き流すと、「あの、これ」

と先ほどの早押しクイズボタンを自慢げに見せる。

「ナースコールを改造して自分で作ったんですよね」

話していることも行動も脈絡がなさ過ぎる。大貫はめまいを覚えた。

「そんなん知るか」

長椅子に座ったまま堀米に背中を向ける。こういう厄介な輩は無視するに限る。早く立ち去ってくれと祈りつつ、じっと黙っていると、

「あの、背中にゴミがついてますけど」

と堀米が背中に触れてきた。せっかく抑え込んでいた怒りが大爆発した。

「いいかげんにしろ！　失せろと言っただろうが！」

立ち上がって振り向き、堀米につかみかかるふりをする。堀米は目玉が飛び出してしまうかと思うほど目を大きくして驚くと、一目散に逃げていった。逃げ足の速いやつで、あっという間に二階への階段を駆け上り、消えてしまった。

たぶん、堀米はもう子供がいてもおかしくないような年齢だろうに、ばかみたいなことばかりしくさって。本当にこの病院は奇人変人ばっかりだ。

大貫は再び長椅子に腰を下ろした。怒鳴ったら、また心臓が苦しくなってしまった。怒るから血圧が上がり、心臓が苦しくなる。会社ではこの悪循環をくり返していた。だ

から、心臓は悪くなってしまった。そして、悪循環は入院したいまも続いている。この病院にいる限り、さらに病状は悪化するような気がする。

転院するべきだろうか。入院してから一週間が経《た》つが、毎日迷う。会社の部下にいい病院を調べさせれば、ものの五分で心臓の名医を百人はリストアップしてくるだろう。

だが、どうも転院に気が進まない。もしも転院した場合、自分の病状がよくないと周りに旗を振って知らせることになるように思えてしかたないのだ。だからなんとかこの病院で心臓を治して会社に復帰し、

「あんなゴミ溜めみたいな病院でも、きちんと治して戻ってきてやったわい」

と豪語してやりたかった。


深呼吸をして息を整えた。次第に先ほどまで激しかった動悸《どうき》が落ち着いてきた。目を閉じて心を落ち着かせ、ゆっくりと開ける。すると、大貫の目の前に、絵本をかかえた少女が立っていた。

年齢は小学校の低学年くらいだろうか。肌は白くて、背中まで伸びた髪は色素が薄いのか、やや茶色い。丸い瞳もやや茶色がかっていて、透き通っている。そのかわいらしさは月並みな表現だがまるでお人形さんのようだった。

赤いパジャマを着ているところから、この少女も入院していることはわかるが、いったいどこが悪いのだろう。この病院は小さくて、さらに入院棟である旧館には、内科の患者も外科の患者も、みんないっしょくたになって入院しているために、一見しただけではどこが悪いのかわからないのだ。先ほどの堀米のように。

少女は大貫が座る長椅子の周りを、ゆっくりと回った。遊んでほしいのだろうか。大貫に子供はいない。ルワールを大きくするためだけに生きてきて、恋愛も結婚もしなかった。

「ねえ」と少女が声をかけてきた。

大貫は黙ったままじっと少女を見た。子供は苦手だ。道理に適《かな》っていないことを主張するし、ちょっと叱《しか》っただけですぐに泣く。なるたけ体を動かさず、目だけで少女を追った。するとと少女は、横歩きしつつ大貫の背後に回り、あどけない声で思わぬことを言った。

「クソ、じ・じ・い」

大貫は振り向いて、少女を睨んだ。かわいい顔をして、なんてひどいことを言うんだろう。

「いまなんて言った。もういっぺん言ってみろ」

「クソじじい！」

少女が先ほどよりも大きな声で言う。悪ガキめ。大貫は立ち上がって少女に近寄った。

少女は二、三歩あとずさると、急にくるりと背を向けて駆け出す。大貫はとっさに手を伸ばしたが、少女はその手をかいくぐって逃げていった。まるで栗鼠《りす》のようなすばしっこさだ。

「こら、待て」と大貫が追いかけようとすると、後ろから呼び止められた。

「どうしたんですか、大貫さん」

振り向くと、医師の浅野が立っていた。水を差されていらつく。だがそれ以上に浅野の格好にいらついた。浅野はまたもやピーターパンの格好をしていたのだ。

「おまえ、その格好いいかげんにしろよ」

大貫が今度こそちゃんと忠告しようとすると、なぜか急に浅野が切迫した声で言う。

「ちょっと待ってください、大貫さん」

「なんだ」

「駄目。動かないで」

浅野はそう言いつつ近づいてくると、大貫の背後に回って背中にそっと触れる。カルテを見てつぶやく医師の口調で浅野が言う。

「ああ、大貫さん。これは日頃の不摂生が原因ですねえ」

「なに？　なんのことだ」

「精神衛生上の不摂生と言ったらいいんでしょうか。とにかく、周りからの拒否反応がこうやって症状に現れてきたって感じですかね」

「言ってる意味がわからんぞ」

大貫が首をひねって後ろを見ようとすると、浅野は大真面目な口調で言う。

「いまから緊急手術をしましょう」

「手術？」

「ええ。あなたの体の一部を切除します」

「ここでか？」

「はい」

「その格好でするのか」

「じっとして」

そう言うが早いか、浅野は大貫の背中から、なにかを剝《は》がした。

「はい、手術終了。大成功です」

浅野が一枚の紙を渡してくる。その紙が背中に貼られていたのだと、大貫はやっと気づいた。紙には大きな文字で「クソじじい」と書いてある。

すぐに合点がいった。これは堀米のしわざだ。あいつは「背中にゴミが」なんて言ってやがったが、この紙を貼っていたのだ。子供のいたずらみたいなことをしやがって。

怒りで顔が紅潮するのが自分でもわかった。浅野が微笑ましそうに眺めているのも腹が立った。

「あの野郎!」

大貫は紙を引き千切ると、堀米を探して駆け出した。

# 4

浅野は自分の診察室で、ピーターパンの衣装から白衣に着替えた。わざわざこんな格好をして、お芝居をいっしょにしましょうとデモンストレーションをしているが、誰も参加してくれない。

はっきり言って、お芝居に乗り気なのは、自分ひとりだけだとわかっている。だが、一年に一度お芝居をするサマークリスマスの行事は、かつて演劇に打ち込んでいた浅野にとって大切なものだった。

いまでこそこうして医師として病院に勤務しているが、医大生の頃は演劇部に所属していた。芝居にはまり、アングラ劇団の公演にはしょっちゅう通っていたし、映画のオーデイションに何度も挑戦した。スタイルがよいほうではないので、二枚目の役者にはなれないだろうが、性格俳優にはなれるんじゃないかと夢見ていた。

結局は、両親の希望もあったし、もともと医師になるつもりで医大に進んだわけだから、医師になったのだけれども、お芝居と聞くとどうしたって血が騒ぐ。それがたとえ病院内の小さなお芝居であってもだ。だからついつい張りきって、ピーターパンの格好なんてしてしまう。

診察室のドアがノックされた。

「どうぞ」と答えると、龍門寺が入ってきた。

思わず浅野は低く身構えた。龍門寺の顔を見据えつつ、いかにも芝居がかった声で言った。

「現れたな、フック船長」

「誰がや」

龍門寺は芝居に乗ってくれない。冷めた声で返してきた。

「じゃあ、ティンカーベルの役ならやる？」

「あほか。そんなんやるわけないやろ。それより、用ってなんや」

浅野はがっかりしたが、すねたところでしょうがない。机の引き出しを開けて、ペンダントを取り出した。

「このペンダントをね、龍門寺さんに渡そうと思いまして」

「ペンダント?」

「はい」

龍門寺にペンダントを見せた。

「なんやこれ」

「龍門寺さんの体から出た銃弾で、ペンダントを作ってみたんです」

十日前のことだ。龍門寺が血を流しながら病院にやってきた。銃が暴発して怪我をしたとのこと。そして、龍門寺の体から銃弾の摘出を行ったのが、浅野だった。

「どうですか。けっこうかっこいいでしょ」

浅野が微笑むと、じっとペンダントトップの銃弾を見つめていた龍門寺が、いきなりキレた。

「なめとんのか!」

「なめてなんかいませんよ。それより、これ、あなたの体から出てきたもんなんですから、遠慮せずに受け取ってくださいよ」

「あほか!　どこの世界に自分が撃たれたチャカの弾を、首から下げてるやつがおんねん」

龍門寺はすごい剣幕だ。だが、浅野は龍門寺の言葉から、知りたいと思っていた真相の糸口を見つけた。

「あれ？　いま撃たれたって言いましたね」

「うん？」

「もしかしたら、警察にまちがった報告しちゃったかなあ」

浅野がとぼけて言うと、龍門寺がいらだって詰め寄ってきた。

「なにが言いたいんや」

「ですから、以前に龍門寺さんは、銃が暴発して怪我をしたって説明されてたもんですから、その通り警察に報告したんですけど……」

「あ」と龍門寺が固まる。

やはり、嘘をついていたのか。龍門寺の反応で、自分の仮説が正しかったことを確信した。龍門寺は、銃の取り扱い資格を持った友人の拳銃が暴発したと説明していたのだが、摘出手術をしたとき、その角度、深度ともに暴発とは思えなかったのだ。

「もしかして、本当は撃たれたんじゃないですか」

浅野は探りを入れてみる。

「な、なに言ってるんや。暴発や」

答える龍門寺はしどろもどろで、声は小さかった。

じっと龍門寺と見つめ合う。話はだいたい読めてきた。きっと龍門寺は組同士の抗争に巻き込まれ、撃たれたのだろう。

もういいだろう、と浅野は視線をそらした。自分は警察ではない。医者だ。ただ真相が知りたかっただけで、自分にとっていちばん大切なのは、龍門寺の怪我が完治することなのだ。

「ですよね、撃たれてなんかないですよね」

微笑んで言うと、龍門寺が慌てて答える。

「そ、そうや。撃たれてなんかあらへん」

「じゃあ、これどうぞ」

浅野はペンダントを手渡した。今回は見逃してやる、けど見抜いている証に持っていろ。そういった意味合いをこめて渡した。龍門寺にもこちらの意図は伝わったらしい。渋々受け取った。

「似合うと思いますけど」と浅野が言うと、龍門寺はペンダントトップの銃弾を、胸にあてがった。

「おおきに」

「いや、そうじゃなくて、パンチパーマのティンカーベルですよ」

茶化して言うと、龍門寺は顔をしかめた。

「なんやと?」

「やりましょうよ、お芝居」

浅野がいつもの調子に戻って朗らかに誘うと、龍門寺もいつもの調子でキレた。

「芝居なんて、やらへん言うてるやろが!」

龍門寺はそばにあったパイプ椅子を蹴飛ばしてから、診察室を出ていった。浅野はその背中をじっと見送った。

これで一件落着とまではいかないが、真相はわかった。自分がタッチする部分はここまでだと思った。浅野は窓際に歩を進め、すっきりとした気分で窓から中庭を見下ろす。

新館と旧館のあいだにある中庭は、その真ん中に人が憩えるようにと噴水池が造られている。夏を迎えたいま、池は蓮の花が満開だ。池の周りには芝生が植えられ、太陽の光を浴びた芝の緑がまぶしく見える。

庭木たちは、柳に、フェニックスに、椿に、コニファーに、となんでもござれなのだが、ともかくいまの季節はみんな生き生きとした緑色をしていて、上から眺めるととても清々しい心地になれる。

浅野はポケットの中にまだ少しだけ残っていた金粉をひとつまみすると、窓からさらさらと撒いてみた。金粉は風に乗って思い思いの方向へと散っていった。

## 5

誰もいない中庭で、大貫はぼんやりと噴水池の水面を見つめた。蓮の花と花のあいだに映る自分の姿を見て、老いたな、と思った。

以前は眠る寸前まで会社のことで頭がいっぱいだった。それがいざ入院して立ち止まってみると、昔のことばかり考えてしまう。特に、ルワールを設立した頃のことを。昔のことを思い出すのは、やはり老いた証なのかもしれない。

昔のことを思い返せば、貧しかったことがよく思い出された。ルワールを設立した当初は、本当に貧乏だった。下町の貧乏長屋で暮らし、お金がないために、ごはんも満足に食べられなかった。

科学の実験器具を作る会社を興したはいいが、なかなか売り上げは伸びなかった。社員に払う給料も滞りがちで、みんなの作業着はぼろぼろだし、自分の営業用のスーツも安物のぺらぺらだった。受注した実験器具を完成させても、それを届ける人手が足らず、結局は自分がトラックを運転して大学や研究機関へ納めに行ったものだった。

　無一文から始めた会社をなんとか大きくしたくて、寝る間も惜しんで働いた。一日中仕事のことを、商売のことを、会社のことを考えていた。仕事が上向きになったのは、四十代になってからだ。自分の斬新なアイデアを実験器具の設計に反映させるよう心がけていたのだが、それがだんだん認められるようになり、受注が増えたのだ。

　仕事が軌道に乗ると、あとは不思議にとんとん拍子にうまくいった。会社は見る間に大きくなり、自社ビルだって建てられるようになった。業界でナンバーワンに輝いたあとは、さまざまな分野の会社を吸収合併して、ルワールの傘下に治めていった。不動産業も営むようになってからは飛躍的な成長を遂げ、いつしかルワールは帝国とまで呼ばれるほどの巨大企業となった。

　そのルワール帝国の頂点で、独裁者でいることは大変だった。会議において部下たちを叱咤《しった》し、現場では先頭に立って指揮を執り、ルワールのさらなる繁栄のためにフル回転で働き続けた。思えばルワールを立ち上げてから四十年間、常に最前線で戦い続けてきた。立ち止まれなかった。立ち止まるわけにはいかなかった。自分が築いた帝国のために。

　だが、その無理がたたったのだろう。ツケは心臓にきた。

「ふざけるな……」

大貫の口から、自然とそんな言葉がもれた。商談のために世界を股にかけて飛び回っていた自分が、というよりもルワールの力でもって世界の経済を回す側になった自分が、いまではぼろくそな病院のベッドに一日縛りつけられている。これは、死ぬよりもつらいことだった。

いらだちは、芋づる式に次のいらだちを呼んだ。今朝の雅美の食事の持ってきかたも不快だった。

「はーい、おじさま。ごはんですよ」

雅美はそう言って食事のトレイを、大貫のベッドのテーブルに置いた。子供かボケた老人をあやすかのようなその口調に憤慨した。怒りに任せてトレイをひっくり返した。ふざけるのも大概にしてほしい。こっちは心臓が悪くて入院しているだけだというのに。

睡蓮の葉に乗っていたカエルが、池に飛び込んだ。それまで水面に映っていた大貫の顔が、波紋によって掻き消された。我に返った大貫はベンチに移動して腰かけた。

すると、いきなり「ピンポーン」と例のクイズの早押しボタンのチャイムが鳴った。まさかと思ったが、やはり堀米が現れた。また厄介な人間と出くわしてしまった。

「はい、そこの方、解答をどうぞ」

なぜか堀米はマイクを持っていた。クイズの司会者を気取っているようだ。

「だから、なんなんだおまえは。なんの用だ」

大貫がうんざりとして言うと、堀米は口をへの字にする。

「おやおや、大貫さん。解答ボタンを押しておいて、それはないなあ」

おそるおそる自分の手を見る。手の下には例のボタンが置かれていた。またいつの間にか押してしまっていたのだ。

「別に私はおまえを呼んだ覚えはない。このボタンだって、手を置いたらたまたまあったんだよ」

「出た、その理論。手を置いたらたまたまあった。手を置いたら、たまたまそこに女子社員のお尻があったみたいにね！」

なぜか堀米は興奮気味に言う。しかも支離滅裂だ。

「おまえ、なにを言ってるんだ？」

「ごまかすな。このセクハラ部長！　お尻を触られたOLの悲しみが、あんたにわかるか！　恥を知れ、このエロオヤジが。裁判にかけたら、絶対に死刑だぞ。死刑だ！」

あまりのばかばかしさに、あ然としていると、堀米が穏やかな口調で告げてくる。

「大貫さん。死刑は決定しました。死ぬ前に、なにか言い残すことはありますか」

堀米はそっと大貫の肩に手を置いた。もうこんな茶番につき合いきれない。怒鳴りつけてやろうかと思ったが、怒鳴れば血圧が上がって心臓に悪い。大貫は必死に怒りを嚙み殺しつつ、堀米に言った。

「おまえが私を知ってるってだけで腹が立つ」

「ブー」と堀米が腕で、ばってんを作る。クイズの不正解といったふうだ。

「大貫さん、残念。不正解です」

「は？」

「正解はタニシなんですよ」

「タニシっていったいなんの話だ。なんの問題だ？」

「さっき見たんですよ、この池でタニシを」

「この池で？」

「ええ。これぐらいでっかいのが」と堀米は満面の笑みで両手を広げる。「人の頭ぐらいの大きさなんです。ベローンって感じで」

そんな大きなタニシがいるはずがない。話につき合ってやったが、まともに相手をした自分にも腹が立った。なにより、こうしていらいらしながら話を聞いているだけで、血圧が上がっていく。これなら、ひと思いに怒鳴りつけたほうが断然ましだ。沸点に達した怒りを、大貫は我慢せずに解放した。

「ふざけるのもいいかげんにしろ！」

中庭の草木たちが、びりびりと震えるほど大きな声だった。あまりの怒鳴り声に、堀米は仰向けにひっくり返った。すぐさま起き上がると、脇目も振らずに逃げていった。

まったくどうしようもないやつだ。なぜあんなやつを病院内で野放しにしているのかわからない。ほうっておく医師も医師だ。今度浅野に会ったら、絶対に文句を言ってやる。

心を落ち着かせるために、大貫は懐から葉巻を取り出した。金色のライターで火を点けようとすると木之元がやってきた。木之元はきょろきょろあたりを窺いながら歩いてくる。きっとまだあのミーちゃんとかいう野良猫を探しているのだろう。

「おう、どうだった。見つかったか」

大貫はベンチに腰をかけたまま、にこやかに笑いかけた。堀米の相手をした憂さを晴らすのに、かっこうの人間がやってきたと思った。それに、ミーちゃんが逃げていく姿を思い出せば、また自然と笑みが込み上げてくる。

木之元は大貫が座るベンチのそばまでやってきた。だが、なにも言わずにただただ睨みつけてくる。

野良猫を蹴ったくらいで、ここまで怒らなくてもいいだろうに。呆《あき》れて笑い出しそうになる。オカマのくせに、正義感丸出しなのもいただけない。

「なあ、あの猫畜生は見つかったのか。どうなってた？」

「どうなってたってなによ」

「一回蹴り飛ばしてやったんだ。きっと足の一本か二本は折れてるだろう。だから、実際に何本折れているか知りたくてな」

「最低」

木之元は吐き捨てるように言った。

「最低？　私はおまえみたいな汚いオカマよりも最低か」

「最低よ。あなたの足を蹴って、折ってやりたいくらいだわ」

「おお、どうぞやってくれ。私の足の二本とも折ってくれ。かまわんよ。だがな、後日私が雇った優秀な弁護士がおまえのところに伺って、おまえの人生をめちゃくちゃにすることになるからな、まあ、あんた裁判は好きみたいだけどな」

大貫はにやりと笑った。

「かわいそうな人」

木之元が本当に気の毒そうに言う。

「かわいそう？　私がかわいそうだっていうのか。体はどこも悪くないのに、賠償金を吊り上げようとして無理やり入院期間を延長しているオカマが、偉そうな口を利くじゃないか」

木之元は車の運転中、ほかの車に横から追突されて首を痛めたらしい。事故は事故として保険金が下りたのだが、木之元の車が完全に停止していたわけではないので、百パーセントぶつけてきた相手が悪いことにはならなかったそうだ。木之元はそれを、なんとか百パーセント相手が悪いということにしたいらしく、いまは裁判中なのだという。目的は賠償金の吊り上げ。聞いた話では、そういったことだった。

大貫の言葉が図星だったのか、木之元が首のコルセットに手を当てつつ、睨みつけてくる。しかし大貫はポケットから純金製のライターを取り出し、その光沢を見つめながら言ってやった。

「いまこの瞬間にだって、私の会社じゃ山積みの仕事と何千人もの部下が、私の帰りを待ってるんだよ」

「なにが言いたいのよ」

「おまえとはちがうってことさ。帰る家もない。家族もない。そんな薄汚いオカマ野郎とはな」

かつて木之元には、ひとり娘がいたそうだ。だが、オカマであるということで、親戚からも家族からも疎まれ、家を飛び出してしまったらしい。幼いひとり娘を残したまま。

「ひどい……。そんなことをいま言わなくったって」

木之元がつぶやく。目の端を拭《ふ》いている。どうやら、泣いているようだった。大貫は聞こえなかったふりで横を向いた。憂さ晴らしができたので、気分は爽快だ。あまりにも愉快で、大声で笑い出しそうになる。

「なにを泣いてるんだ。オカマになにか言い分があるんだったら、聞いてやってもいいぞ」

大貫は意地悪な口調で言って、木之元を見た。しかしそこに木之元の姿はなかった。その代わり、いつの間にやってきたのか、このあいだの少女がぽつんと立っていた。

少女は今日も赤いパジャマを着ていて、このあいだと同じ絵本を小脇にかかえている。いったいどこで浴びてきたのか、全身に金粉が降りかかっていた。その様子は、少女を一瞬だが天使のように見せた。

「なんか用か」

尋ねると、少女は大貫が座るベンチに近づいてきた。大貫はベンチの右端に座っていたのだが、少女は左端に座ろうとする。そうはさせるか。大貫は左端に移動して、少女の邪魔をした。

このベンチは自分が庭を眺めるために、腰かけていたものだ。たとえ少女といえども、座らせるわけにはいかない。

邪魔された少女は不思議そうな顔をしていたが、てくてくとそばまでやってくると、おもむろに大貫の膝《ひざ》に腰を下ろした。

「うわ、おい！」

思わず大貫が立ち上がると、少女は地面に転がった。それでも、少女はなにごともなかったかのように、芝生に座って絵本を広げた。絵本を読むつもりらしい。

「おい」と大貫は少女に声をかけた。

「なあに」

「目障りだ。あっちへ行け」

「あっち？」

「そうだ。ここは私の場所だ。だから、あっちへ行け」

少女は言葉の意味が理解できないのか、きょとんとした顔つきとなった。

困ったな。大貫はどう追い払うべきか、腕組みをした。すると、少女は大きな声で、絵本を読み始めてしまった。

ゲロゲーロ、ゲロゲーロ。
ガマの王子はわがまま王子。
ミズスマシ君やアメンボ家来に、
今日も意地悪命令を出しています。
ゲロゲーロ、ゲロゲーロ。
王子はおなかが減ったぞよ。
急いでおやつをもってこい。
ハチの子供をさらってこい。

「なんだ、その話」
大貫は口を挟まずにいられなかった。だが、少女はのどやかな声で読み続ける。

どれだけ速く泳げても、
ミズスマシ君は水の上。
ハチの巣までは届きません。

どれだけ手足が長くても、
アメンボ家来は水の上。
ハチの子供はさらえません。
王子の命令が聞けぬのか！
ばちゃーん、けろーん、ばちゃーん、けろーん！
ガマの王子はミズスマシ君のお家を壊す。
アメンボ家来のお家も壊す。

ちょうど中庭の噴水池で、カエルが蓮の葉から池の中に飛び込んだ。その音に気づいた少女が、池を見る。カエルは水面から顔を出し、きょろきょろとあたりの様子を窺った。

少女は微笑んでから言った。

「ガマ王子ってひどいね。ばちゃーん、けろーんってみんなの家を壊しちゃってさ」

なぜ自分なんかに声をかけるのか、と大貫は困惑しながらも、暇つぶしにはなるだろうと少女に向かって言った。

「その絵本、貸してごらん」

大貫が手を伸ばすと、少女はためらいの表情を浮かべた。絵本を取り上げられると思ったようだ。

「続きを読んでやるから、貸してごらん」

そう言うと、少女の顔に笑みが広がる。

「うん」

少女は絵本を渡してきた。大貫の隣にちょこんと座る。

絵本のタイトルは、『ガマ王子対ザリガニ魔人』だった。絵本のタイトルとして、いまひとつセンスがない。表紙にはガマ王子と思われるカエルの絵が描いてあった。ガマ王子は頭に王冠を載せて、赤いマントを羽織っている。その目はぎょろっとしていて、いかにも性根の悪そうな顔つきだ。

大貫は先ほど少女が読んでいたページを探して開いた。その場面の絵は、ガマ王子がミズスマシやアメンボの家を、蹴飛ばして壊しているものだった。

「よし、読むぞ」

ひとつ咳《せき》払いをしてから、声を大きくして読んでやる。


ばちゃーん、けろーん、ばちゃーん、けろーん！

ガマ王子は水に住むほかの生き物のお家も壊します。

なぜなら弱い生き物などこの世に必要はないからです。

横を見ると、少女が目を輝かせて、続きを読むのを待っている。大貫は少しばかり得意になって続けてやった。

弱い生き物は死んでしまうのがいいのです。
ばちゃーん、けろーん、ばちゃーん、けろーん!
弱い生き物は全部死んで、
強い生き物だけが生き残ればいいのです。
そいつらは弱く生まれてきたのがいけないのです。
ばちゃーん、けろーん、ばちゃーん、けろーん!
弱い生き物はやっつけられて、
ふんづけられる運命なのです。

読んでいるうちに、なぜかこの病院にいるやつらの顔が、順々に思い浮かんできた。いつもぼんやりとした表情で花壇の花に水をやっている浅野、銃弾でできたペンダントをじっと眺める龍門寺、松葉杖をついてよろよろと歩く滝田、離れ離れになったひとり娘の写真を見つめる木之元。それから、呻きながら点滴を受ける室町に、その看護をするタマ子。

　なんだかみんなみみっちくて、弱っちくて、情けない人間ばかりだ。この病院にいるやつらは、ガマ王子にやっつけられて、ふんづけられる運命にあるミズスマシやアメンボといった弱い生き物といっしょのように思えた。

　だが、自分はちがう。大貫はひとりうなずいた。自分はあんな弱いやつらとはちがう。自分はガマ王子と同じように、弱い者をやっつけて、ふんづける強者だ。

　そうした考えに思い至ると、次第にいらいらが募ってきた。ミズスマシやアメンボみたいな、虫けらみたいな人間と同じ病院にいることに、強い嫌気を感じたからだ。

　絵本を読むのがばかばかしくなった。文章を適当にでっち上げて、切り上げてしまおう。

「そうして弱い生き物はぜーんぶ死んで、強い強いガマ王子だけが生き残ったんだとさ。終わり」

「終わり？」

　少女が尋ねてくる。

「ああ。終わりだ。ちゃんと書いてある通りに読んでやったぞ」

　もちろん、嘘だ。

「そう……」

納得しかねるのか、少女は小首をかしげた。そして、首をかしげたまま大貫を見つめてくる。さすがにまずかったかな、と大貫は思った。そもそもこの絵本は、この少女のものだ。適当に切り上げれば、ちがうと気づくのは当然だ。たとえ小学校一年生くらいのこんな少女でも、わかることだろう。

さっさと追い払ってしまおうか。そう迷っていると、少女は思わぬことを言ってきた。

「ありがとう」

「あ、ああ」

ラストがいつもとちがうと怒りはしないのか。それとも、この子はこの『ガマ王子対ザリガニ魔人』を初めて読んだのだろうか。しかしながら、それにしてはこの絵本は読み込んだ感がある。

「あたし、パコ」

訊いてもいないのに、少女が名乗る。

「パコ?」

おかしな名前だ。もしかしたら、外国人の血が流れているのだろうか。

「おじさんの名前は?」

パコは一点の曇りもない笑顔で見つめてきた。まるで天使のようだ。見とれてしまいそうになる。もしも自分に子供がいたら、こんなかわいらしい子がよかった。そんなことを一瞬だけだが思ってしまった。

だが、そんな自分らしくない考えを、大貫は首を振って振り払った。あえて冷たく答えてやる。

「名前だと？　おまえなんかに名前を覚えられたくないよ」

手にしていた絵本を地面に放り投げる。パコは慌ててベンチを飛び降り、絵本に駆け寄った。その隙を突いて、急いでその場を立ち去った。

少女の天真爛漫《らんまん》ぶりにあてられて、人のいいオジサンになってしまうところだった。パコだかなんだか知らないが、小さい子供に一度好かれると、のちのちずっとつきまとわれることになる。だから、面倒なことになる前に、姿を消すほうが得策にちがいない。

## 6

雨が激しく降っていた。時おり夜空を切り裂いて、稲妻が走る。待合室の大きな尖頭アーチ窓から、たくさんの雷が見える。夜の雷は、どこか禍々《まがまが》しい雰囲気がある。

滝田は稲妻を眺めながら、北関東にある実家のことを思い出していた。滝田が高校生まで暮らしていた町は、落雷が多く、家の近くにしょっちゅう落ちていた。あまりにも雷が近くに落ちるので、雷で起きた地響きが、実家の建物を揺らすことがあった。

停電も毎度のことで、ときには落雷のために火事も起きた。滝田が消防士になったのは、東京に出てきてからのことだが、もしもあの町で消防士になっていたら、落雷による火事のために出動することもあったのだろうか。

「ねえねえ、滝チョビレ。ちょっとこっちおいでよ」

長椅子に腰かけている木之元が、オカマ口調で話しかけてきた。

「滝チョビレじゃなくて、滝田です」

いちいち訂正するのも面倒になってきたが、このままじゃエスカレートしそうなので、釘《くぎ》を刺す意味で訂正しておく。

けれども木之元は、そんな呼び方などどうでもいいらしく、公衆電話を指差して、

「もしかしたら脱獄かもよ」

と囁《ささや》いた。

「脱獄？」

先ほどから龍門寺がずっと電話をしていた。その表情や会話の調子から、なにやら穏や

かならぬことが起こっているのはたしかだった。

「順平はまだ見つかっておらへんのか」

龍門寺が受話器に向かっていらついた声を出す。子分の順平が行方不明のようだ。木之元の言う通り、脱獄なのかもしれない。

盗み聞きは悪いと思ったが、木之元と並んで耳をすます。

「そっちに来そうな気配は？　ない？　そうか……。あのどあほ、どこまで逃げとんねん」

龍門寺はがっくりと肩を落とした。ひどい落胆ぶりだ。よほどその順平という子分をかわいがっていたのだろう。

「また電話するわ。ほなまた」と龍門寺が電話を切る。滝田と木之元は、なにも聞いていないふりをするために、長椅子で居ずまいを正した。

龍門寺がうなだれたまま、とぼとぼとやってくる。滝田はなにか声をかけるべきか迷った。けれども、余計なことを口にしたら怒鳴られそうで、口をつぐむ。どうもああいう威圧的な人間は苦手だ。

「なんや、滝田」

ぎろりと龍門寺に睨まれる。

「いや、別に……」と滝田が答えたとき、消灯時間を告げる『蛍の光』が流れ始めた。廊下の奥から、タマ子がいつものように『蛍の光』の替え歌を歌いながらやってくる。

「あんたたち、消灯だよ」

タマ子は滝田たち三人に気づくと、声を張り上げた。

龍門寺にそんな態度を取ったらまずいんじゃ、と滝田は冷や汗もんだったが、龍門寺は眉をひそめただけで、自分の病室へと戻っていった。木之元も興がそがれたのか、大あくびをしてから病室へ帰っていく。

滝田も戻っておとなしく寝ようと思ったが、ひとつタマ子に訊いておきたいことがあって、待合室にひとり留《とど》まった。

玄関の電気を消しに行っていたタマ子が戻ってくる。

「すいません、タマ子さん。ぼく、訊きたいことがあるんですけど」

滝田が尋ねると、タマ子はうんざりとした口調で答えた。

「おめえ、まだいたのか。消灯時間だって言っただろうが」

「いや、それはわかってるんですが、どうしても知りたいことがありまして」

「知りたいこと？　なんだよ。早く言ってみろ。こちとらハードな勤務で疲れてんだ」

「じゃあ、あのですね、ぼくの退院はいつ頃になりますか。この足のギプスが取れるのは、いつくらいになりますか」

　左足のギプスをタマ子に見せる。

「そんなんあたしに訊くなよ。医者に訊くことだろ」

　タマ子はにべもない。だが、少しでもなにか知っているかと思って食い下がった。

「ぼくは、いや自分は、一刻も早く消防の仕事に戻りたいんです。早く現場に復帰して、人を助けたい。人の命を救いたいんです」

「おいおい滝田。いきなりどうした。頭でもぶったか」

「ちがいますよ。ぼくの本心です。最近ずっと考えてるんです。特に、病室から消防車のサイレンを聞いた日には、早く人を救う現場に戻りたくて、苦しくなってくるんです。あのサイレンの音が、ぼくの使命感を煽《あお》るんですよ」

「なにを偉そうに。その消防車にはねられたくせにさ」

　冷たくあしらわれて、滝田は言葉に詰まった。けれど、事実だからしかたない。自分は消防車にはねられた。消火活動に夢中になるあまり、周囲が見えなくなり、応援に駆けつけた消防車の前に飛び出してしまったのだ。

「痛たたた……」

　はねられたときのことを思い出したら、左足が痛くなった。立っていられなくなって長椅子に腰を下ろす。

「おいおい、大丈夫か」

隣にタマ子が座った。

「ええ、大丈夫です。それより、ぼくの話を聞いてくれますか」

滝田は自分の心の内を、誰かに聞いてほしかった。なぜ、自分が一刻も早く救命活動に復帰したいか、誰かに知っておいてほしかったのだ。

「話ってなんだよ」

タマ子が腕を組み、足も組む。

「実はですね、ぼく、不安なんです」

「不安？」

「ええ。こうして入院生活をじっと送っていると、消防士になる前の駄目な自分がよみがえってきそうな気がするんです」

真面目に告白したのだが、タマ子はけらけらと笑った。

「なんだ、滝田。消防士になる前は、いまよりも駄目なやつだったのか」

そのあまりにも正直すぎる感想に、滝田は苦笑いした。けれども、駄目な人間であったのは本当のことだ。

「東京に出てきて消防士になる前、つまり、地元にいた頃は、暴走族の下っ端みたいなことをしてたんですよ。ちゃんとしたメンバーじゃなくて、準メンバーみたいな。しかも、バイクに乗らずにね」

「なんだそりゃ。それ、ただのパシリじゃねえのか」

「かもしれません。けど、そうやって強いやつらとつるんでるってだけで、救われる部分があったんですよ」

「そりゃ、どういう意味だよ」

タマ子が片眉を、ぐいっと上げて顔を寄せてくる。

「ぼく、小学校から高校までずっといじめられっ子だったんです。けど、高校二年生のあるとき、ふと気づいたんです。強いやつに取り入って、くっついて行動して、自分よりもさらに弱いやつをいじめれば、自分はいじめられないってことに」

「ハッ」とタマ子は吐き出すように笑った。軽蔑《けいべつ》の笑みだった。

それでも滝田は話を続けた。電灯を落とされた待合室の壁時計を見つめ、自分の傷をえぐり出すかのような心地で話した。

「わかってます。タマ子さんが軽蔑するのは当然ですよね。ほんとあの頃のぼくは駄目だったんです。いまよりも全然駄目でした。弱虫で、小ずるくて、強いやつのあとにくっついて歩いて、物も壊しましたし、いろんな人を傷つけました。実際に人に怪我をさせただけじゃなくて、ぼくの両親の心も傷つけました。最低ですよね。思い出すと、朝まで眠れません。けれどもですね、東京に出てきたあと、そんな弱い自分に嫌気が差して、なんとか自分を変えたくなったんです。それで一念発起して消防士の試験を受けたんですよ。そしたら、偶然にも合格できて、それから消防士として働くことになりまして、いざ働いてみたらですね、人命救助をしているときだけは、弱虫で駄目だった頃の自分を忘れられることに気づいたんですよ。その代わり、防火服を着ていないと、あの頃の駄目な自分に戻ってしまうような不安に、取りつかれるようになってしまったんです。タマ子さんにはわかりますか、この不安がどれだけ暗くて重いものか」

滝田は勢いよく横を向いた。しかし、タマ子はグーグーとイビキをかいて眠っていた。

「ちょっとタマ子さん。なんで寝てるんですか」

揺り動かすと、タマ子が目を覚ました。眠たそうに目を擦《こす》る。

「悪い、悪い。だからさっきも言ったように勤務シフトがハードでさ、眠くてしかたがないんだよ」

「けど……」

「なんだよ、文句あんのかよ。つうかさ、おまえの話が長すぎんだよ」

「そんなあ」

「ということでさ、滝田には悪いんだけど、あたしいまここで五分寝るから」

「は？」

「五分だけ寝させてくれよ。で、五分経ったら起こしてくれ。誰か先生が来たら、ちゃんとブロックするんだぞ。わかったな。それから、五分経ったら絶対に起こせよ。起こさなかったら、ぶっ殺すからな」

タマ子はそう言うと、長椅子にごろりと横になった。

「ちょっと、ほんとに眠っちゃうんですか」

慌ててタマ子の顔を覗き込む。だが驚いたことに、タマ子はすぐに寝息を立て始めた。

「ねえ、タマ子さん。タマ子さんってば」

滝田がいくら呼びかけても、タマ子はまったく反応しない。寝息はますます深くなっていって、ついには大きなイビキとなった。

しかたがない。滝田は大きなため息をついて、長椅子に深く腰かけた。タマ子は本当に疲れているようだった。それもしかたのないことなのかもしれない。この病院は看護師の数が少なすぎる。ひとりひとりの負担が大きいことは、患者である自分にも見てとれた。さらに、最近は面倒なことが多い。大貫さんが無断外泊したり、室町君が飛び込んできたり。この病院は普通の病院よりも、ハプニングの多いところなのだと思う。

滝田は壁時計を見つめて、五分待った。タマ子は怒るかもしれないが、一分だけおまけしてやって、六分が過ぎたので起こすことにした。

しかし、そのときだ。タマ子がぼそりとつぶやいた。

「室町……」

「え？」

訊き返したが、返事はない。再びイビキが始まった。先ほどのは寝言のようだった。

それにしても、なぜタマ子が室町の名前をつぶやくのだろう。不思議に思いつつタマ子の顔を覗き込み、はっと驚いた。タマ子の頬は、涙で濡《ぬ》れていた。彼女は泣きながら眠っていたのだ。

もしかして、タマ子は室町のことを好きなんじゃないだろうか。まったくの直感だが、そんなふうに思った。そうじゃなければ、涙を流しつつ、その名前を呼んだりしないだろう。

タマ子が、あの室町を思っている。それは不思議な組み合わせだが、なんだか心がぽっと温かくなる話だった。あの不憫《ふびん》な室町を、見守っている人がいるというだけで、うれしくなるじゃないか。

病院のみんなはどれくらい室町について知っているかわからないが、自分にとって彼はいまだにビッグスターだ。かつて室町は天才子役少年として、一世を風靡《ふうび》したことがあったのだ。

かれこれ十五年くらい前になるだろうか。テレビをつけてドラマにチャンネルを合わせれば、いつも室町少年の姿があった。彼はさまざまな役を見事にこなしていた。天才少年探偵の役、家なき子の役、ロケットに乗って宇宙を冒険する宇宙飛行少年の役。瞳はつぶらで、声はかわいらしく、演技は愛らしい。彼は誰からも愛されていた。全国民から愛されていたと言っても過言じゃない。

だけども、室町少年は次第にテレビのブラウン管に姿を現さなくなっていった。そしていつしか、まったくテレビに出なくなった。その理由はあとから噂として聞いた。彼が子役から大人の役者へと脱皮できなかったためだという。

たしかに、最後に見た室町少年出演のテレビドラマでは、彼の演技に違和感を覚えた。あれは中学生くらいの室町だったろうが、外見は十四、五歳であるのに、演技は子役のままだったのだ。まったくもってアンバランスで、もっとひどいことを言ってしまえば気持ち悪かった。中学生なのに、幼い子供のようなスマイルを振りまくその姿はまるで、あほの子みたいだった。

その後、室町の名前はまったく聞かなくなった。だからこの病院に入院して、久々に彼の名前を聞き、そしてその姿を目にしたときには本当に驚いた。子役から脱皮できなかったことをいまだに引きずっていて、しかもそのつらさから自殺未遂をくり返しているというのだから。

あの不憫な室町を、このタマ子が見守っている。タマ子は粗暴で口も悪いが、心にやさしくて一途なものがある子なのかもしれない。

本当にすばらしい。滝田は微笑ましく思いながら、タマ子を起こした。

「ねえ、タマ子さん。そろそろ起きてくださいよ」

揺り動かすと、タマ子はがばりと起きた。

「おお、すげえ寝た。マジですげえ深い眠りだった」

タマ子は頭をぶんぶんと振った。

「おい」と立ち上がったタマ子が、いらだった声を出す。

「なんですか」

滝田が微笑んでみせると、いきなり胸ぐらをつかまれた。

「五分で起こせって言ったのに、十分近く経ってるじゃねえかよ。しかもにやにやと笑いやがって」

「そ、そんな、にやにやだなんて」

「わかった。おまえわざと起こさなかったな。あたしがおまえの話を聞かなかった仕返しに、わざと起こさなかったんだろ」

「ちがいますよ」

一所懸命否定したが、タマ子は聞き入れてくれなかった。グーのパンチが飛んできて、滝田の頬に突き刺さる。痛い。

しかし、タマ子の室町への気持ちや、このあとの恋の成り行きを想像すると、自然と頬が緩《ゆる》んできてしまうのだった。

## 7

中庭の一角には、花がぎっしりと咲いている花壇がある。サルビアに、マリーゴールドに、ダリアにと、それぞれの花たちは美しく咲き誇っている。その花壇に大貫は立ち入って、次々と花を踏みつけた。手当たり次第に花をむしり、茎をつかめば引っこ抜いた。

「お、おじさん。なにやってるの」

大貫が顔を上げると、そこには会社に行っているはずの、甥っ子の浩一が立っていた。

「探しもんだ」

「なにを探してるの」

「うるさい！」

「だけど、お花がめちゃめちゃじゃないか」

「用はなんだ。なにか用があって来たんじゃないのか。ないならとっとと帰れ」

語気を強めて言うと、浩一はおどおどとしつつ言った。

「ええとね、今日はね、おじさんに今月の会社の売り上げを報告しようと思ってきたんだ」

「売り上げの報告だと？」

大貫は手にしていたダリアの花を、後ろへぶん投げた。

「おい、浩一。私が会社にいないあいだに、どれだけ売り上げは下がった？　どれだけ落ち込んだんだ」

自分が入院して仕事に穴を開ければ、ルワールの売り上げに甚大な損害が出るのは確実だ。その損害がどれくらいなものなのか、知りたくなった。その損害の額は、翻って言えば、自分がどれだけ会社にとって必要な人物なのか、証明するものであるからだ。

しかし、浩一はにこやかに首を振った。

「いや、下がってなんかないよ。というよりも、すごいんだよ。おじさんが休んだあと、なんと売り上げが五パーセントもアップしたんだよ！」

浩一の言葉で、頭の中が一瞬にして真っ白になる。いったいどういうことなのか。会長である自分がいないのに、ルワールの売り上げが上がったなんて。しかも、いっきに五パーセントも。

「常務がね、おじさんに会社のことはなんにも心配いらないって伝えてくれってさ。安心してゆっくり休んでくださいだって」

のほほんと話す浩一の言葉で、いらだちが全身に走った。つまり、こういうことか。会長である私などいなくても、ルワールは困らないし、それどころか売り上げを伸ばすこともできるってことか。

「いまルワールに、私は必要ないって言いたいわけか」

大貫は浩一を突き飛ばした。

「お、おじさん。そんな意味で言ったんじゃないよ」

「会議中に倒れる老人なんて、とっとと引退しろってことか」

「ちがうよ。おじさんはもう会長になったんだし、これからは楽をして……」

「ふざけるな！」

浩一の言葉を遮って怒鳴りつける。身をすくめる浩一に、大貫は怒りで声を震わせながら言った。

「あの会社はな、ルワールはな、私がひとりで作ったんだ。ひとりで作って、ひとりでそこまで育てた。それをいまさら隠居して明け渡せというのか。冗談じゃないぞ。誰がおまえらなんかにあのルワールを渡すもんか！」

「ねえ、おじさん。なにもそんなことを言ってるわけじゃ」

「失せろ！」

もう一度、浩一を突き飛ばす。浩一はよろよろと後退して、尻餅《しりもち》をついた。

怒りが収まらない。大貫は憤怒の形相で、花壇を踏み散らした。なんとしても、アレを見つけなくてはと思った。アレは自分にとって大切なものなのだ。

さらに花をむしっていると、

「室町さーん」

と呼ぶ雅美の声が聞こえた。

今朝、室町が病室から行方不明になったと、雅美やタマ子たち看護師が騒いでいた。どうせまた病院を抜け出したのだろう。再び自分で自分を殺すために。

室町を呼ぶ雅美の声が近づいてくる。それを無視して花をむしっていると、足音がまっすぐに近づいてきた。

「おじさま。花壇でいったいなにをなさってるんですか」

雅美だった。

「探しものの最中だ」

「けど、花壇のお花が」

「やかましいわ！」

どいつもこいつも花のことばかり口にしやがる。

大貫が雅美を睨みつけていると、今度は何人かが、渡り廊下を走ってくる足音がした。

「大貫さん！　あんたいったいなにやってんのよ！」

木之元だ。その後ろには浅野も、滝田も、タマ子もいた。みんな大貫を見て、目を丸くしていた。

「おいおい、みんな雁首《がんくび》そろえて私になんの用だ」

「なんの用だじゃないわよ。お花にそんなひどいことをして！」

オカマ声で木之元が絶叫する。

「おまえらそろいもそろって、お花、お花って、うるさいんだよ」

大貫は目の前にあったマリーゴールドをむしり、再び頭上にぶん投げた。ちぎれた花びらが、ひらひらと舞う。滝田が「あちゃあ」と情けない声をあげた。

「あの、大貫さん。花壇でなにをなさってるんですか」

浅野が顔色を窺いつつ訊いてくる。

「探しもんだ。何度も言わせるな」

「なにをお探しなんですか」

「ライターだよ」

「あ、それなら私のをお使いください」と浅野は白衣のポケットをまさぐって、百円ライターを取り出した。

「ふざけるな。そんなんでいいわけないだろ。私が探しているのは純金製のライターだ」

「純金製？」

「そうだ。いつも私が使っているライターだ。あれを、昨日中庭で落としたのだ。いろいろと探したが見つからない。だからきっと花壇に落ちているにちがいないんだよ」

大貫は花壇一帯をぐるりと指差した。

「たかがライターじゃないの」

木之元が冷たく言う。その場の空気が、ぴきんと凍った。

「なんだと。あのライターをただのライター呼ばわりするのは許さんぞ」

大貫が木之元に近づくと、浅野が「まあまあ」とあいだに割って入った。

「ねえ、大貫さん。あなたわかってんの」

木之元が花壇の前にしゃがみ込み、涙声で訊いてきた。

「なにがだ」

「この花壇はね、去年この病院で死んだ小学生の男の子が、頑張って植えた花壇なんだよ」

「だからなんだ」

冷たく返す。だから、なんだというのだ。

「ねえ、大貫さん。いま私が言ったことが耳に入らなかった？」

木之元は信じられないという顔をした。

「ちゃんと聞こえてたぞ。ちゃんとな。だが、だからどうしたっていうんだよ。去年死んだそのガキがこの花壇の下に埋まっていて、肥やしになりつつ眠ってるとでもいうんなら、すいませんって言ってやってもいいがな」

すでに死んだ人間が大切にしていたものに、なんの価値があるというのだ。それよりも、いまは自分のライターのほうが大切に決まってるじゃないか。

スコップを手にしたタマ子が、ずいと近づいてきた。

「おい、クソじじい。てめえ自分がいまなにを言ったかわかってんのか」

「わかってるとも。おまえこそ、私の日本語が通じてるのか？」

「通じてるよ。だから、こうやっててめえを花壇の下に埋めてやろうってんじゃないか！」

タマ子は勢いよく地面にスコップを突き刺した。

「やれるもんならやってみろ、この、あばずれが」

「言ったな、クソじじい！」

大貫とタマ子は、顔がくっつかんばかりの距離で睨み合った。だが、そのときだ。雅美が素っ頓狂な声をあげた。

「え？　室町さん！」

全員が雅美の視線の先を見た。そこにはパジャマを泥だらけにした室町が、ふらふらと歩いていた。顔から血の気が失せている。目の焦点は定まっていない。体の具合は相当悪そうだ。もしかしたら、またどこかで死のうとして失敗したのかもしれない。

「そんな体でどこに行ってたんですか」

滝田が尋ねる。室町は虚ろな目で全員を見て、何とか答えようとしてみせたが、ふいに糸の切れた操り人形のようにその場に崩れた。

「室町！」

タマ子が駆け寄る。浅野も雅美も室町を囲んだ。そして、滝田と木之元が手伝い、室町をかかえて治療室へと運んでいく。

大貫はその様子を冷ややかな心持ちで眺めていた。自ら死のうとしたやつを、全員総出で介抱しようとするなんて、まったく理解できない。室町みたいな弱い人間に、薬を与えたり、治療したりするなんて、もったいないではないか。はっきり言って無駄だ。生きようとしない人間のケツを、誰かが拭いてやらなくちゃいかんなんて、なんてばかばかしい話だ。

目をぎゅっとつぶる。頭の中をわざと空っぽにする。いま目の前で起こったことも、口を利いた人間も、全部頭の中から消し去ってやろうと思ったのだ。

大貫は一度病室に戻って薬を飲み、それから再びライターを探すために中庭へ戻った。花壇へ向かおうとすると、昨日絵本を読んでやったパコという名の少女が、ベンチに座ってこのあいだと同じ絵本を読んでいた。

パコは大貫の姿を認めると、にこりと笑ってから大きな声で絵本を読んだ。

意地悪ばかりのガマ王子。
小さな小さなメダカの子供を、
今日はいっぱいいじめます。
意地悪ばかりのガマ王子。
メダカの子供が大事に育てた水草の花を、
ぜーんぶムシャムシャ食べちゃった。

「おい」

ベンチに座るパコに声をかける。パコはうれしそうに微笑み返してきた。先ほどの花壇の一件で揉めたむしゃくしゃを、このパコをいじめて晴らそうと思いつく。

「どけ」

パコの隣に座り、お尻をスライドさせてパコにぶつけ、ベンチの下へと突き落とす。

「痛いなあ」

地面に転がったパコは、そう言いつつも笑っていた。大貫がしたことを、遊びととらえたのかもしれなかった。

泣き出すかと思ったのに、当てが外れてしまった。面白くない。

「おい、おまえ。たしか犬みたいな名前だったな。パコとか言ったっけ？」

そう話しかけると、パコは丸い目をさらに丸くして驚いた。

「ねえ、おじさん。どうしてあたしの名前を知ってるの」

「なに？」

「どうしてあたしと初めて会ったのに、あたしの名前を知ってるの」

この子はふざけているのだろうか。それとも、大人をばかにしているのだろうか。

しかしながら、幼い頃は、大人の顔など覚えられないものだ。大人の顔がみんな同じように見えた覚えは自分にもある。大貫は思い出させようとして言ってみた。

「なに言ってるんだ。昨日このベンチで会っただろ。絵本だって読んでやったじゃないか」

「ふうん」

パコは他人事《ひとごと》のようにそう言って、首をかしげる。

「そのときにおまえ、自分でパコって名乗っただろ。だから、名前を知ってるんだよ」

「でもさ、パコさ、おじさんのこと知らないよ」

「なに？」

いくら幼いとはいえ、絵本を読んでやったことを一日で忘れるとは思えない。きっとこの子は自分をからかっているのだ。いや、もしかしたら、絵本を読むのを途中で切り上げたことが面白くなくて、わざとこんなことを言うのかもしれない。

「ふざけるのはこれくらいにしておけよ。謝るんならいまのうちだぞ」

大貫は脅すように低い声で言った。だが、パコは今度は反対側に首をかしげた。

「なんのことだか、パコ全然わかんない」

あどけない声だった。しかしそれが妙に嘘くさく思えて、思わず怒鳴った。

「いいかげんにしろ！　大人をばかにするな」

パコは体を縮こめると、ぼそりとつぶやく。

「……怒られた」

「当たり前だ。大人をからかいやがって」

大貫は先ほどの花壇の一件まで思い出して、いらだちを募らせた。

「まったくこの病院にいる連中はどいつもこいつも」

憤慨しつつポケットから葉巻を取り出す。火を点けようとライターを探して、はたと思い出した。あの純金製のライターはまだ見つかっていないのだ。

「くそ。ライターがないわ！」

大貫が吐き捨てると、パコがこちらを見上げて訊いてくる。

「ライター？」

「あん？」

「ライターならパコ持ってるよ」

「なんだと」

パコはパジャマのポケットから、ライターを取り出した。目を疑う。それは、朝からずっと探していた純金製のライターだったからだ。

「きれいでしょ」

得意げにパコが微笑む。

「おい、パコ」

「なあに」

「そのライター、どうした」

返答によっちゃ許さない。大貫はパコを睨みつけた。なくなったと思っていたライターは、きっとこの子が盗んでいたのだ。ライターは昨日ベンチで絵本を読んでやったときに、落としてしまったにちがいない。それをこの子は黙って持ち帰っていたのだ。

「このライターね、今日の朝起きたら、パジャマのポケットに入ってたの」

パコは淡々と言う。あまりの怒りに、大貫は一度両目を閉じた。それから目を開けると同時に怒鳴った。

「この泥棒が！」

パコの手からライターをひったくり、彼女の頰を手のひらで打った。パチンという高い音が中庭に響き渡る。パコはなにが起こったのかわからなかったらしく、一瞬だけ無表情になった。そして次の瞬間、叫ぶように泣いた。

「おまえは私が落としたライターを、黙って持ち帰ったんだろう。この盗人《ぬすっと》が！」

もう一発、パコの頰を叩く。さらにもう一発と思ったとき、後ろから羽交い締めにされた。龍門寺だ。

「なんだ貴様。この泥棒娘の味方をするつもりか」

「じゃかあしいわ、ボケ！　おまえ、ガキ相手になにやっとんじゃ！」

パコの泣き声と龍門寺の怒鳴り声を聞きつけたのか、浅野とタマ子と雅美がやってくる。遅れて滝田と木之元もやってきた。

「どうしたんですか」

浅野が尋ねると、龍門寺が答えた。

「このおっさんが、パコちゃんを叩いたんや」

「ばか野郎。悪いのはこの子だ」

大貫は龍門寺の手を振りほどき、集まってきた全員に向かって叫んだ。

「おまえら、ばかじゃないのか」

ばかじゃないのか、ではなくて、きっと本当に、こいつらはばかなのだ。大貫は取り返したライターを握り締めながら思った。

ひとりひとりを睨みつける。どいつもこいつもクズみたいな人間ばかりだ。そしてそんなクズみたいな人間が、寄ってたかって泥棒娘をかばおうとしてる。くだらない。本当にくだらない。生きる価値のない弱いものたちが、かばい合い、傷を舐め合い、必死に生き延びようとしている。この私に楯突くようなこともする。

「この虫けらどもめ！」

大貫は声の限りに叫んだ。

# 断章

「ちょっと待ってください」

ぼくは堀米老人の話を中断させた。大貫さんに関する話をここまで聞いただけで、すっかり呆れ返ってしまったのだ。

この仏壇の遺影に写っている大貫さんは、なんて心ない人なんだろう。やさしさのかけらも持ち合わせていないじゃないか。それに、どうしてこの人はこんなにも器の小さい人間なのだろう。ぼくの親父が継いだルワールという大企業を、たった一代で築いた男が、たかがライターひとつで大騒ぎするような人間だったなんて。

大貫さんはぼくが生まれる前に亡くなっている。でも、それでよかったと思った。こんなおかしなおじと会ったら、絶対にいやな目にあわされていただろう。いきなり二発も頬を叩かれたパコちゃんみたいに。

「最低ですね、この大貫って人」

「ええ」

堀米老人がうんざりとした表情でうなずく。

「話を聞いているだけで、ぼくもむかむかしてきちゃいました」

「私がこの人の遺影を見ているだけで、むかむかしてしまったのもわかるでしょう？」

「じゅうぶんにわかりましたよ」

深くうなずくと、堀米老人は満足げな顔となった。

「でも、変ですよね」

ぼくはふと気がついた。

「なにがですか」

「そのパコちゃんて子は、どうしてそんなとぼけたこと言ったんですか」

「とぼけたこと？」

「大貫さんに一日前に会っているのに、なんで知らないなんて言ったんだろうと思って」

堀米老人の表情が暗く沈んだ。なにか事情があるようだった。

「その件に関しましてはね、パコちゃんが入院した理由と深く関わっておるのです」

言いにくそうに、堀米老人が言う。

「入院した理由ですか」

「あの子は、事故に遭ったんですよ」

「事故？」

「車の事故です。それは、パコちゃんが七歳の誕生日を迎える前日のことでした。パコちゃんは家族といっしょに海までドライブに出かけて、その帰り道のことだったと聞いています。パコちゃんのお父さんが運転していた車が、山道のカーブで対向車のトラックと、正面衝突してしまったそうなんです」

「正面衝突……」

ぼくは思わず息をのんだ。

「トラックに当たって弾かれた車は、ガードレールを突き破って道から飛び出しました。その道は切り立った崖《がけ》の上にあり、崖の下は海でした。車は真っ逆さまになって海へ。そこは深い海で、車にいっしょに乗っていたお父さんとお母さんは海の底に沈み、そのまま亡くなってしまいました。ただひとり、パコちゃんだけが助かったのです」

「よく助かりましたね」

「後部座席の窓が開いていたそうなんですよ。だから、そこからパコちゃんは車の外に出られたみたいで、車といっしょに沈むことなく、なんとか一命を取り留めたそうなんです。それは、本当に奇跡的なことだったみたいですよ。しかし……」

　堀米老人が言いよどむ。

「しかし？」

「パコちゃんが事故で負った傷は完璧に治ったのですが、治らないところがあったのです」

「どこですか」

「ここです」と堀米老人は、自分の頭を指差した。

「頭？」

「その中身、脳なんです」

「脳ですか……」

　深刻な話になりそうな気がした。

「ええと、私は専門家でないのでよくわからないのですが、脳には記憶を保管しておくような場所があるそうなんですよ。けど、パコちゃんは事故に遭ったときに頭を打って、その部分が壊れてしまったそうなんです」

「壊れた？」

「ええ。パコちゃんが夜になって眠ると、なんとかってホルモンが出てきて、あの子が一日かけて覚えた人の顔も、その名前も、全部消してしまうそうなんです」

「記憶障害ってやつですか」

「詳しくはわかりませんが、そういった類《たぐ》いのものなんでしょうねえ。ともかく、夜に寝て、朝起きれば、きれいさっぱり前日のことは覚えてないんですよ」

「そうだったのか」

ぼくは合点がいって、手を叩いた。

「だから、パコちゃんは、大貫さんのことを知らないだなんて言ったんですね」

「はい」

「じゃあ、純金製のライターの件はどういう経緯だったんですか。どうしてパコちゃんのパジャマのポケットに入ってたんですか」

「実はですね、その前日、パコちゃんは看護師に落し物を拾ったと言っていたそうなんですよ。けれども、そのとき頭の精密検査の時間が差し迫っていたらしく、看護師は話をよく聞いてやらなかったみたいなんです。それで、その日は検査のあとパコちゃんは疲れてしまったのか眠り続けて、朝まで起きず、目を覚ましたときにはライターのことなどさっぱり忘れてしまっていたようで」

「なるほど」

記憶障害のあるパコちゃんにしてみれば、なぜ自分のパジャマにライターが入っていたか、まったくわからなかったことだろう。けれども、大貫さんがライターを必要としていたので、ポケットにあったライターを差し出した。それなのに、事情をなんにも知らない大貫さんは、盗まれたと早合点してパコちゃんを叩いた。

「パコちゃんはですね、事故が起こる以前のことは覚えているんです」

「記憶をすべて失っているわけではないってことですね。記憶喪失ではないと」

「そうです。お父さんやお母さんのことを、よく覚えていましたよ。ですが、事故のあとのことは、記憶そのものができないのでなんにも覚えられない。人や物の名前も、できごとも、自分がしたことでさえ、次の日には忘れてしまう。これは言わば、パコちゃんは事故が起きた瞬間から、時間が止まっているってわけです」

「それってつまり、パコちゃんは自分がなぜ病院にいるのかさえ、覚えられないってことですよね」

「そうです」

「それに……」

思わずぼくは質問をすべきかためらった。なぜなら、その質問はあまりにも悲しくて、過酷なものだったからだ。

「それに？」

堀米老人にうながされて、ぼくは意を決して尋ねた。

「事故が起きたあとのことは覚えられないということは、パコちゃんは自分のお父さんとお母さんが死んだってことも、覚えられないってことになりますよね」

一瞬、堀米老人は言葉を詰まらせた。それから、眉間にしわを寄せて答える。

「その通りです。だからパコちゃんは、ずっと病院でお父さんとお母さんを待っているんですよ」

なんてかわいそうな話なんだろう。ぼくは悲しくて体が震えた。たとえパコちゃんに両親が死んだことを説明しても、次の日には忘れてしまう。パコちゃんは記憶障害のせいで、永遠に終わることのない悲しみの無限ループに閉じ込められているようなものだと思った。

「そんなかわいそうなパコちゃんを、この人は殴ったんだ」

ぼくは大貫さんの遺影を睨みつけた。

「ここはひとつ罰として、やっぱり顔に落書きをしておきましょうか」

堀米さんは和まそうというのか、マジックペンを再び取り出した。

「いや、待ってください。それより、この話の続きを教えてください」

「はい？」

「ありますよね、話の続きが。この大貫さんが、パコちゃんの記憶の秘密を知ったあとの話ですよ」

そう言うと、堀米老人はにやりと笑った。

「このクソじじいが、パコちゃんの背負っている悲しみを知ってからどうなったかですか」

「そうです」

「お聞きになりたい？」

「もちろんです。聞かせてください」

頼み込むと、堀米老人はうなずいて言った。

「いいでしょう。お話しいたしましょう。これは、とある病院でのできごとです――」

# 8

夕暮れの弱い光が差し込んでくる待合室で、大貫は長椅子に座って深くうなだれた。昨日、浅野からパコの記憶に関する話を聞かされた。それはとてつもなく悲しい話だった。あの子は交通事故のせいで、記憶障害になってしまったのだという。記憶は夜に寝てしまうとすべて消えてしまう。そんなことがこの世にあるなんて。

浅野によれば、ほうぼうの大学病院で精密検査を受け、さまざまな治療を試したのだそうだ。日本でいちばんといわれる脳神経外科の医師にも診てもらったそうだが、パコの症例は特殊らしく、開頭手術をするにも幼すぎるために手をつけられず、事故後に搬送されたこの病院へ送り返されてきたのだという。

「パコちゃんの記憶が一日だけしかもたないと、もっと早く気づいてやればよかったんですが、残酷なことをしました……」

昨日、浅野の診療室で、彼はそう言ってうなだれた。

「残酷なこと？」

「何度もパコちゃんの両親が亡くなった話をしてしまったんですよ」

「何度も？」

「ええ。もしかしたら、あまりにもショックなことで、受け入れられずに忘れたふりをしているんじゃないかと思ったんです。だから、毎日説明することになったんですよ、パパとママは死んでしまったんだって」

「けれど、それじゃ……」

大貫は言葉を失った。一日経つと記憶を失ってしまうパコにとって、両親が死んだことは毎日新しい事実であり続けたということだ。普通、両親が死んだなどという悲しいニュースに襲われるのは、人生で一度きりのはずだ。心が切り裂かれるのも、一度きりのはずだ。それをあの子は毎日聞かされ、毎日心を切り裂かれていたのだ。たしかに、浅野の言う通り、残酷なことだった。

いまはもうパコに両親が亡くなったことを、告げないようにしているのだという。うまくはぐらかし、口裏を合わせて、そのうち迎えに来てくれるといった説明をしているらしい。それがいい。というよりも、ほかにどんな方法があるというのか。

もしも自分があの子と同じように記憶障害だったら、日々どんな思いで過ごすことになるのだろう。想像してみるが、うまく想像できない。

呆然《ぼうぜん》としていると、木之元と滝田が話しながら廊下を歩いてきた。ふたりは大貫がいることに気づいていないらしく、大きな声のまま話をしていた。

「ねえねえ、滝田てごはん」

「なんですか、それ。いいかげんにそういう呼び方はよしてくださいよ、木之元さん」

「そんなことより、自転車置き場の横にある、室外機のことは知ってる？　室外機のプロペラが回ると、人が死ぬって噂のやつ」

木之元の言葉に、大貫も耳を傾けた。

「なんですか、それ」と滝田が怪訝そうな声を出す。

「嘘。知らないの」

「知りませんよ」

「実はね、その室外機は霊安室の空調に繋がっているらしくてね、この病院で死人が出るときに、自分から前もって回る不思議な力を身につけたらしいのよ」

「マジですか」

そんなばかなことあるはずがないだろう。大貫は首を振りながら、体を起こした。木之元と滝田の会話が、ぱたっと止まる。ふたりはじいっと大貫を見つめていた。パコを叩いたことを、咎める視線だ。あんなひどいことをした人間は許さない、とふたりの目は言っていた。

階段を龍門寺が降りてくる。だが、大貫を認めると、再び階段を上がっていった。廊下の奥からタマ子と雅美が忙しそうに小走りでやってきたが、大貫がいることに気づくと、目をそらして通り過ぎていった。

いまこの病院の誰もが、パコを叩いた大貫を嫌っていた。もともと嫌われてはいたが、その存在を拒むような態度をあらわにするようになったのは、パコを叩いてからだった。

しかしながらそれも当然だろう。大貫は再び深くうなだれた。あのかわいそうなパコを、両親が死んだことさえ覚えられない不憫な少女を、自分は叩いてしまったのだ。許されないことをしてしまった。

後悔が胸に押し寄せてきて目を閉じた。しかし罪の意識が心を波立たせ、目をつぶっていられない。いたしかたなしに目を開けると、小さな赤いスリッパの爪先《つまさき》が、視界に飛び込んできた。

「パコ」

はっとして大貫は顔を上げた。

パコは絵本を小脇にかかえ、ぽつんと立っていた。じっとこちらを見つめてくる。その左頬には、ガーゼが貼られていた。昨日叩いたところが、腫れ上がってしまったのだろう。大貫はどう接したらいいのかわからずに戸惑った。すると、パコはにっこりと微笑みかけてきた。

「どうして」と思わずつぶやく。頬を叩いた相手にどうして微笑みかけられるのか、理解できなかったからだ。

しかし、その考えがまちがいであることにすぐ気づいた。この子はなにも覚えていないんだった。叩かれたことさえ覚えていないんだった。

頬を二度も叩くようなひどいことをしたというのに、その加害者にパコは微笑みかける。それはまるで、すべてを許す天使の微笑みのように見えた。

「大丈夫か。痛くはないか」

大貫はそっとパコに手を伸ばした。だが、木之元が駆け寄ってきて、大貫とパコのあいだに立つ。

「ねえ、パコちゃん。絵本はあっちで読もうか」

木之元はパコの顔を覗き込んで言った。

「なんで」

パコが首をかしげる。木之元はその問いに答えずに、大貫を睨みつけた。こんなひどい人間のそばにいちゃいけないからよ、と木之元は言いたいのだろう。

大貫も自分が悪いことは重々承知だった。しかし、木之元のようなやつを前にして、自分が悪いといったそぶりを見せるのは癪《しゃく》だった。

「おい、おまえら。目障りだ。あっちへ行け」と木之元もパコも追い払う。

「行きましょう」

木之元はもう一度大貫を睨みつけると、パコの手を引いて、滝田とともに待合室を去っていった。

待合室は大貫ひとりとなった。なんとも言えない寂しさに、心が包まれる。あのパコに謝れなかった寂しさだ。自分の罪を償えなかった寂しさだ。そして、たとえ謝ったとしても、パコはすでに昨日のことは覚えていない。謝っても償いにならないのだ。

誰かの足音が近づいてきた。この旧館の待合室の床は、礼拝堂の床のままなので木でできている。その木製の床の上を、革靴で歩く音がそばまでやってきた。大貫の前まで来て止まる。

「おじさん、元気?」

浩一だった。なにも返事をせずにいると、浩一が静かに言う。

「あんまり元気ってわけじゃ、なさそうだね」

大貫は黙ったまま葉巻をくわえ、ライターを取り出した。

「おじさん、ライター見つかってよかったじゃない」

浩一の言葉に、大貫はややむっとした。ライターの話題を持ち出すなんて、無神経なやつだ。

「ああ?」

神経を逆なでされて、わざと不機嫌そうに答えてやった。すると、浩一は思いもしなかったことを言い出した。

「だってそのライター、おじさんが会社で初めて出た黒字で買ったものなんでしょ」

火を点けようとしていた手が止まる。

「おまえ、なんでそんなことを知ってるんだ?」

浩一に話したことなどなかったはずなのに。

「ぼくの親父から聞かされたんだ。親父は言ってたよ。おれの弟は初めての黒字でやっと自分にご褒美《ほうび》を買ったたって」

「なるほどな……」

小さく大貫はつぶやいた。

「おじさんにとってそのライターは、すごく大切だったから、パコちゃんの事情もよく知らないまま殴ったりしちゃったんでしょ。もしもパコちゃんの記憶の話を聞いていたら、おじさんもあんなひどいことをしなかったでしょ？　ぼくも本当にびっくりしたよ、あんなかわいいパコちゃんが、あんなに悲しい目にあっているなんてさ」

「うるさい」

大貫はぼそりと言った。大貫はその人生を、会社を大きくすることだけに捧げてきた。相手にやさしくしたり、情けをかけたりしていたら、自分が相手に食われてしまう。そんな厳しい世界でやってきた。だから、やさしさや情けなどという甘っちょろい感情を、遠ざけ、笑い、罵《ののし》り、自らもそういったものを求めることはなかった。つまり、大貫はやさしくされることにも、同情されることにも、慣れていなかった。

「おじさん……」

「怒鳴られたくなかったら、さっさと消えろ」

静かに言うと、浩一は不承不承といった様子で帰っていった。

大貫が長椅子の背もたれに背中を預け、じっとライターを見つめていると、今度はかわいらしい足音が駆けてきた。

「パコ、やっぱりここがいい。ここで読む！」

走ってきたパコは笑顔だった。その明るい笑顔を眺めていると、本当に記憶障害なのかどうか、疑いたくなる。パコはどこからどう見ても、健康でかわいらしい女の子でしかなかった。

パコは大貫の隣に座り、絵本を広げた。

「その本、ガマ王子か」

尋ねると、パコはびっくりした顔を向けてきた。

「おじさん、どうして知ってるの」

「どうしてって……」

「だってね、だってね、この本さ、パコだって初めて読むんだよ！」

やはりこの子は、おとといこの絵本をいっしょに読んだことを、覚えていないのだろうか。

「ねえ、おじさん。どうしてガマ王子の本だってわかったの」

「いや、それは……」

大貫が言いよどむと、パコは尊敬の眼差《まなざ》しで興奮気味に言う。

「おじさん、すごい人なんだね」

「そ、そんなことはない……。それより、前におじさんと会ったことはないか。おじさんのことを知らないか」

記憶障害だなんてまだ信じられず、探りを入れてみる。パコは大貫の顔を見つめたあと、あっさりと言った。

「知らない」

「それは本当か。本当に知らないのか」

「全然」

パコの答えはきっぱりとしていた。

「おじさんは、大貫だ」

もしかしたら、名前を聞けば思い出すかもしれないと、名乗ってみる。

「大貫？」

「そうだ。おじさんは大貫だ」

「大貫……」

パコは思い出そうというのか、少しばかり中空を見つめて考えたあと、にっこりと微笑んだ。

「初めまして大貫。あたし、パコ」

大貫を見つめるパコの瞳は、とても澄んでいた。嘘をついているようには見えない。信じたくはないが、どうやら本当にこの子の記憶は一日しかもたないようだった。ということは、今夜眠って明日になれば、大貫の名前も絵本のこともすべて忘れ去ってしまうということだ。

人の記憶が一日しかもたないなんて。しかも、こんな小さな七歳の少女が。痛々しい現実に胸がぎりぎりと痛んだ。

そうしたこちらの心の内など関係ないとばかりに、パコが元気に絵本を読み始めた。

意地悪ばかりのガマ王子。
今日もいっぱい暴れたぞ!
だけど全然楽しくない。
みんなをいっぱい困らせた!
だけど全然うれしくない。
大きな大きなお池の隅で、

ガマ王子はひとりきり。

わがまま王子はひとりきり。


パコがページをめくったところで、大貫は話しかけた。

「なあ、パコ。なんだその話は。読んでいて面白いのか」

大貫にとって、ガマ王子の話はどうも耳が痛かった。アメンボやミズスマシにひどいことをして孤立するガマ王子の姿は、どことなく自分と重なる。特に、この病院に来てからの自分にだ。この病院にいる連中を虫けら扱いしていたガマ王子は、自分によく似ていると思った。

だが、パコはにこやかに答えた。

「面白いよ、ガマ王子」

「そうか。それならそれでいい。だが、世の中にはもっともっと面白くて、ためになる本がいっぱいあるんだぞ。だから、おじさんが本を買ってきてあげよう」

「本当？」

パコの顔が、ぱっと輝く。

「ああ、本当だとも。だから、そんな本はもう捨てろ」

そう大貫が言ったとたん、パコの表情が曇った。ぶんぶんと首を振って、胸に絵本を抱きしめる。

「駄目だよ。捨てるなんて絶対に駄目！」

「どうしてだい」

「だってパコ、この絵本は毎日読むんだから！」

「毎日？」

不思議に思って尋ねると、パコはうれしそうに絵本を開き、「だってね、だってね、ほら！」と大貫に見せた。

パコが見せたのは、表紙を開けてすぐのページだった。そこには黒のマジックペンでメッセージが書き込まれていた。

〈パコへ。お誕生日おめでとう。毎日読んでね、ママより〉

大貫は絶句した。この絵本は死んだパコの母親が、誕生日プレゼントとしてパコに贈ったものだったのか。

「ね？　ママがパコに毎日読んでって」

いとおしそうにパコは絵本を見つめる。

「だからおまえは、毎日この本を読んでいたのか……」

大貫がつぶやくと、パコは首を振って笑った。

「ちがうよ、大貫。あたしがこの絵本を読むのは今日が初めてだよ。毎日なんて読んでないよ」

「そ、そうか。そうだったよな」

記憶障害のパコにとってこの絵本は、プレゼントしてもらったばかりのものであることを忘れていた。

「それでね、大貫。あたし今日の誕生日でね、七歳になるんだよ」

パコは絵本を脇にかかえ、両手で指を七本立てて、誇らしげに笑った。

そんなパコを大貫は見ていられなかった。記憶するということができないこの子にとって、母親のメッセージのせいで毎日が誕生日となっている。『ガマ王子対ザリガニ魔人』はこの子にとっていつも新しいプレゼントであり続ける。この残酷な真実に、大貫はかすかに首を振った。パコに気づかれないように。

「今日の朝ね、パコが目を覚ましたら、この絵本がベッドの横に置いてあったんだ」

パコは自慢げ言う。

「よ、よかったな」

「けどさ、パコわからないことがあるんだよねえ」

「なんだい」

「ママはいつ来たのかなって」

大貫は本当のことを知っていながら、黙るしかなかった。真実を知っていることが、こんなにもつらいなんて思いもしなかった。

「ママはいつ来たんだろう。もしかして、昨日パコが寝てるあいだに来たのかな」

「そうかもしれんな」

「でもさ、だったらどうして帰っちゃったんだろ。お仕事が忙しいからかなあ」

「寝ているパコを起こすのがかわいそうだったからじゃないのか」

徹底的にしらを切るしかないと思ってそう言うと、パコはうれしそうな顔をした。

「そっか。きっとそうだよね。ママやさしいから、パコを起こさないで帰っちゃったんだよね」

「たぶんな」

「だけど、パコ会いたかったなあ、ママに。今日はお見舞いに来てくれないのかなあ」

大貫は自分の目が涙で潤むのを感じた。いったいパコはいつまで、いまはもういない母親を待ち続けることになるのだろう。母親が死んでいることを知らないまま、命が続く限り待ち続けるしかないのだろうか。

やりきれなさに、思わず大貫はパコの頭をなでる。その髪は冷たくて、ひんやりとしていた。頰にもそっと触れてみた。

そのとき、思わぬことが起こった。パコが大貫の腕をぎゅっとつかみ、驚いた顔をしている。

「どうした、パコ」

「ねえ、大貫。大貫は昨日もパコのほっぺに触ったよね？」

今度は大貫が驚く番だった。パコは昨日のことを覚えているというのか。

「どうしてそんなことを言う？」

「昨日、大貫の手がパコのほっぺに触った気がしたんだ」

「パコ……」

もしかして、頰を叩かれた記憶が残っているのだろうか。痛みならば覚えていられるんじゃないだろうか。脳みそにインプットするものは消えてしまうが、体に刻まれた記憶なら覚えていられるんじゃないだろうか。

「ほんとに、そんな気がするのか」

大貫が尋ねると、パコは確信を得たかのように言う。

「うん。触った。昨日この大貫の大きな手が、パコのほっぺに触った。そうでしょ？」

パコはきらきらとした瞳で見上げてくる。大貫は返答に困った。自分は頬に触ったのではない。叩いたのだ。

「いや、あの、それは……」

困惑していると、パコは大貫の手を取って、その手のひらを自分の頬にぎゅっと押しつけた。

「ねえ、大貫。もしかしてパコは大貫のことを知ってるの？」

「え……」

「もしかして前に会ったことがあるの？」

叩いたという真実を告げる勇気がない。たとえ説明したとしても、この子は必ず明日には忘れてしまう。ならばなにも告げずともいいのではないだろうか。大貫はそんなずるい考えに逃げ込むべきか迷った。

「パコ。薬の時間だよ」

廊下の奥から声が聞こえた。ほっとしつつ、声の方向を見る。やってきたのはタマ子だった。その後ろには浅野もいる。

「ほら、パコ。薬はお部屋で飲むよ」

タマ子はパコの病室がある方向を指差した。

「うん！」

パコは元気に返事をすると、長椅子から飛び降りた。タマ子にくっついて病室へと帰っていく。大貫も椅子から立ち上がり、去りゆくパコの背中をじっと見つめた。

「なあ、先生」

パコとタマ子が見えなくなってから、待合室に残っていた浅野に語りかける。

「なんでしょうか」

「本当にパコは、明日になるとすべて忘れてしまうというのか」

浅野はあっさりと答えた。

「忘れてしまいます」

「でもさっき、パコは覚えてたんだよ。昨日の私を」

「それは医学的にあり得ません」

「けど、先生。嘘じゃないんだ。本当なんだよ。私がパコのほっぺに触ったら、あの子はこう言ったんだ。大貫、昨日もパコのほっぺに触ったよねって」

一瞬、浅野の目が驚きで見開かれる。だが、すぐに首を振った。ぬか喜びなどしたくないと、自分を戒めるかのような首の振り方だった。

「じゃあ、大貫さんはパコちゃんに言ってあげたんですか」

鋭い口調で浅野が訊いてくる。

「なにをだ？」

浅野はいらだたしげに言った。

「頬を触ったんじゃない。叩いたんだって」

ぐっと言葉に詰まる。その勇気は自分にはなかった。そして、いかに自分があの子にひどいことをしてしまったのか、あらためて思い知らされた。

「すみません、大貫さん」

浅野がぽつりと言う。

「なにがだ」

「いまちょっと言い過ぎました。パコちゃんの話になるとナーバスになってしまって」

「かまわんよ。悪いのは私だ」

大貫は心の底からそう思った。

立ち尽くしていると、自然と目に涙が浮かんできた。なぜ泣くのか自分でも不可解だったが、だんだんに理解できた。悪いのは自分だと浅野に告げたことによって、長年にわたってのいたらなさや、罪深さを、きっちりと見つめることができたためだ。

「私は弱い人間になったのかな」

思わずつぶやく。いままで自分の非を認めることなんて、一切なかった。それなのにいまこうして涙を流して自分を責めるなんて、もしかしたら自分が弱くなったせいじゃないかと思ったのだ。

「強くなきゃいけないんですか」

浅野がそっと尋ねてくる。

「それは……」

「いいじゃないですか、弱くたって」

「だが強くなくては会社も興せなかったし、財産だって蓄えられなかった」

「でも、そうした強さが、いまの大貫さんになにをもたらしてくれますか」

じっと自分の手を見た。パコの頰を叩いた手だ。いままで必死に身につけてきた強さとは、いったいなんだったのだろう。あの子になにもしてやれない強さに、なんの意味があるのだろう。

大貫は生まれて初めて、きちんと人生を振り返ったような気がした。自分はなんて横柄な人間だったのだろう。なんて偏屈で、驕《おご》り高ぶった人間だったのだろう。たくさんの悔《かい》恨《こん》が胸に押し寄せてきて、立っていられなくなりそうだった。

「わからん。私はいままでいったいなにを……」

心の中で、光がちかちかと明滅していた。混迷の明滅だ。

本当に大切なことは、強い人間であることや、競争に勝つことではなかったのかもしれない。自分は強者なのだから、弱者を踏みにじるのは当然のことと思ってきた。しかし、そうした生き方が正しいわけではなかったのかもしれない。

大切なことはきっと、人に少しでもなにかをしてやれる立場にあったら、やさしく接してやるということなのだ。救ってやらなくちゃいかんのだ。笑顔を与える側の人間として、悲しい目や苦しい目にあっている人を、助けてやらなくちゃいかんのだ。そして、そうした思いは「愛」という一語に置き換えてもいいものだと気づいた。

大貫の心の中の明滅が、ぱっと大きなひとつの輝きとなった。その輝きは、パコの笑顔のまぶしさと似ていた。

「パコに……」と大貫がつぶやいて言葉を濁すと、浅野がうなずいて微笑む。

「あの子に、なにかしてあげたいんですね」

「だが、わからん……。あの子にいったいなにをしてやったらいいのだろう」

頭をかかえると、浅野が言う。

「大貫さん。あなたがあの子に与えたいものはなんですか。お金ですか」

「いいや」

大貫は首を振った。治る病気だったら、いくらでも金を積むだろうに。

「では、高価なおもちゃやかわいい洋服などの、物ですか」

「それもちがう」

もう一度、首を振る。なにを買ってやっても、次の日には忘れてしまうにちがいない。

大貫は深くこうべをたれて、パコがいったいなにを望んでいるのか考えた。なにを喜びとして感じてくれるのか。

しかし、なかなか答えが見えてこない。それが悔しくて、もどかしくて、不甲斐なくて、再び涙が溢《あふ》れてくる。自分はなんて無力な人間なのだろう。

浅野がやさしい声で言ってくれる。

「きっとあるはずですよ、大貫さんがあの子にしてやれることは。大貫さんだけがしてやれることがね。だから、それを探してやってくれませんか」

体が震えて、涙がこぼれた。パコの悲しい境遇を思って涙が出た。自分の無力にも泣けてしかたなかった。

涙はいくらでも溢れてきて、大貫の頬を濡らした。手の甲で必死に拭《ぬぐ》うが、拭っても拭っても涙は出てくる。いままでの自分の愚かさに、パコが背負った不幸に、考えても考えても見えてこないあの子の救いに、涙が止まらない。そして泣きながら大貫は驚いていた。

自分がこんなにも涙を流せる人間だったとは。こんなにもたくさんの涙が自分に詰まっていようとは。

「なあ、先生……」

「はい」

「涙ってのは、どうやって止めるんだ？」

「え？」

「私は子供の頃から泣いたことなんてなかったから、涙の止め方がわからんのだ！」

「大貫さん……」

「医者なら教えてくれ。これはどうやったら止まるんだ？」

大貫は浅野に詰め寄った。すると、浅野は穏やかな口調で答えた。

「簡単ですよ」

「簡単？」

「はい。涙はですね、いっぱい泣けば止まるんです」

その言葉に、心を射抜かれたような気がした。そうか、泣いてもいいのか。いままでどんなにつらいときでも、耐えて、強がって、涙を流したことはなかった。だが、人は誰だって泣いていいものなのだ。そして、涙はたくさん泣けば、いつかは枯れるのだ。

――いっぱい泣けば、涙は止まる。

その言葉を胸に、大貫は大声で泣いた。まるで子供のようだと思ったが、涙を流せば流すほど、心が洗われていくように思えた。

泣きながら、大貫は決心していた。あの子にやさしく接してやろう。たくさんの微笑みを与えてやろう。あの子が望むいちばんのことをしてやるのだ。

# 9

やっぱり夜勤は面倒くせえ。タマ子はうんざりしながら、二十三時の見回りのために、暗い病棟の廊下を歩いた。

この病院は根本的に看護師が不足している。ひとりの看護師にかかる負担がめちゃめちゃ多い。もっと看護師を増やしてくれと、院長を見つけるたびに訴えているのだが、いまはどこの病院でも看護師を確保するのが難しいらしく、勤務のシフトはなかなか楽にならない。

「ただでさえ、この病院の患者はおかしなやつが多いのによ……」

愚痴をこぼしつつ、四階のフロアに上がる。廊下を進んでいくと、なぜか古いアニメソングが聞こえてきた。どこかの病室で大音量で流しているようだった。

「いったい何時だと思ってんだよ」

タマ子は廊下を走った。すると、木之元が室町の病室の前に立っていた。ドアが薄く開けられていて、木之元はそこから中を覗いている。そして、その室町の部屋から、アニメソングは流れてきているようだった。

「おい、木之元。消灯時間はとっくに過ぎてんだ。とっとと部屋に帰れ」と木之元を押しのけ、ドアを開けた。

明かりを点ける。すると、ウィスキーのボトルを片手にベッドに横たわる室町が目に飛び込んできた。

「なにをしてんだよ！」

タマ子はアニメソングがかけられていたオーディオデッキのコンセントを、勢いよく引き抜いた。ベッドに近づき、室町を睨みつける。

いったいこいつはどういうつもりなんだ。タマ子は頭が混乱してきた。室町は昨日クスリで自殺を図って、浅野たちの迅速で適切な処置のおかげでなんとか助かったばかりだ。それなのに、今日はこうして酒なんて飲んでいやがる。こいつに反省の二文字はないのだろうか。

「おい、なに勝手に音楽を止めてんだよ」

室町が睨み返してきた。相当酔っているらしく、ろれつが回っていない。タマ子が一喝しようと思ったそのとき、木之元が飛び込んできた。

「ちょっと室町君。お酒なんか飲んで、あんたいったい」

「うるせえんだよ、オカマ！」

室町がベッドの上から叫ぶ。

「そ、そんなひどい。オカマをばかにしないでよ。オカマはね、一度で二度おいしいんだからね」

「知るかよ！」

タマ子は一度天を仰いでから、木之元の首根っこをつかんで、病室から引きずり出した。

「なにすんのよ」

「おめえがいると、話がこんがらがるんだよ」

木之元を自分の部屋に押し込めてから、タマ子は室町の病室へと戻った。ドアを閉め、室町の枕元まで小走りで行き、その手からウィスキーを取り上げた。

「なんだよ。返せよ」

「おまえ、自分の体の具合わかってんのか？」

「知らねえよ、そんなこと」

「昨日、みんなに心配かけたことはわかってんのか？」

「だから、知らねえって。なんだよ、たかがナースのくせに偉そうに。ふざけんなよ、このブスが！」

「なんだと、てめえ」

やさしく接してやってればいい気になりやがって。タマ子はベッドの上であぐらをかく
室町につかみかかった。すると、室町が意味不明なことを口走る。

「とっととくたばればいいんだ、あんなクソじじい！」

「クソじじい？」

タマ子はつかんでいた室町のパジャマから手を放す。

「クソじじいって言ったら決まってるじゃないか。大貫のことだよ！　あのじじい、待合室で倒れている俺のことを、ゴミって言いやがったんだぞ。傷ついて、やっと病院にたどり着いた俺に対して、ゴミかと思ったって。俺は、俺は、ゴミなんかじゃねえ！　絶対にゴミなんかじゃねえ、ゴミじゃねえ！」

室町は目尻に涙を溜めて、何度も「ゴミじゃねえ」と叫んだ。タマ子は自分の怒りがすっと冷めていくのがわかった。こいつは、室町は、ゴミなんかじゃない。それはきっと誰

よりも自分がいちばん知っていることだ。

なぜいちばんよく知っているのか。その理由を室町に話すべきか、タマ子は迷った。そして、少しでも支えになるのならば、自分が室町にどんな思いを抱いているのか、伝えてしまおうかとも思った。だが、踏ん切りがつかない。なにしろ恥ずかしいことこのうえない。タマ子は気持ちを胸の奥底に沈めて、ただただ言ってやった。

「わかってるよ。室町はゴミなんかじゃねえよ」

しかし室町には同情に聞こえたのかもしれない。首を振りながら、先ほどとは真逆のことを言う。

「わかってねえよ。俺はゴミなんだよ。どうしようもないゴミなんだ」

「おい……」

タマ子は小さくため息をついた。すると、室町がそのため息に反応する。

「なあ、あんた。俺のこともううんざりだと思ってんだろ。何度も死のうとしては失敗してる俺なんて、どっか行っちまえばいいと思ってんだろ」

「思ってないよ」

これは本心だ。だが、室町は聞く耳を持たない。

「俺だってな、死ぬのは怖いんだよ。すげえ怖い。だからいつも中途半端で生き残っちまう。わかってるさ。俺は自分で死ぬことすらできない臆病者なんだよ」

「そうやって自分を責めるなよ」

「怖いんだ、本当に死ぬのが怖いんだよ。だけどさ」

室町は言葉を切って、大きく息を吸った。そして、声を一段高くして言う。

「俺、死ぬことよりも、生きることのほうがもっと怖いんだよ」

「室町……」

かける言葉を失ってうつむくと、室町が急に体を震わせ始めた。

「おい、大丈夫か」

タマ子は室町の背中をさすった。震えはどんどん大きくなっていく。精神的にパニックに陥っているようだった。落ち着かせようと、さらに背中をさする。ナースコールのボタンを押すべきか迷ったとき、室町が叫んだ。

「くっそー、どうして女は変わんねえんだよ！」

「な、なにがだよ」

「なんで声変わりしたり、髭が生えたり、筋肉がついたりしないんだ？」

「何の話だ？」

「女の子の子役たちの話だよ。小さい頃いっしょに映画やドラマに出まくってた子たちさ。

あいつらは変わらずに、そのままきれいな大人になった。美しい女優になった。だけど俺はちがった」

室町はベッドの足元にあったボストンバッグを拾い上げると、ファスナーを開け、逆さまにして中身をぶちまけた。中から出てきたのは、古いおもちゃや、お菓子のパッケージなどだった。ロケットのプラモデルも、バッジも、ヨーヨーも、マグカップもある。そして、それらすべてに室町が子役だった時代の写真がプリントされていた。美しい室町少年が、忍者姿をしたり、宇宙服を着たり、探偵姿をしていたりする。みんな室町が演じたキャラクターを商品にくっつけた、いわばキャラクターグッズたちだった。

「子役だった頃、俺は女の子の子役たちに張り合って、大人たちに褒《ほ》めてほしくて、一所懸命かわいい演技を覚えたんだ。俺さ、かわいい演技なら得意なんだ。天才的なんだよ」

タマ子はゆっくりとうなずいた。室町の子役時代のことなら、誰よりも詳しく知っている自負がある。

「でもさ、十四、五歳の頃からさ、変声期が来て声が低くなったり、髭が生えてきたり、体つきが男っぽくなったりしたのに、それまでのかわいい演技をやったら気持ち悪いって言われたんだ。だから俺、なんとか大人の演技をやろうとしたんだけど、それがうまくいかなくて、演技自体もどうやったらいいのかわかんなくなっちゃって……」

　室町は大人の俳優に脱皮できなかった典型的な子役だ。成長するにつれて子供のかわいらしさを失うのは人間誰でもいっしょだろうが、子役としての演技を極めてしまった室町にとって、成長するということ自体が致命的だったのだろう。見た目は大人、演技は心にも体にも染みついている子役のもの。そのギャップはたしかに他人から見れば気持ち悪いものだった。

「ふざけんなよ、クソじじい。俺は俳優だぞ」

　壁に向かって室町が叫ぶ。慰めになるのならと、タマ子は調子を合わせた。

「そうだよ。室町は俳優だよ」

　だがまたもや室町は真逆のことを言う。

「いや、俺は俳優なんかじゃない」

　心が揺れているのだろう。言っていることをすぐに翻す。それも百八十度ちがう方向にだ。

「もう誰も俺のことなんて覚えてねえよ」

　室町はそう言って、ベッドの上で両膝をかかえた。

「いや、そんなことねえだろ。けっこうみんな覚えてると思うぞ」

　タマ子が言うと、室町は勢いよくかぶりを振った。

「覚えてねえよ。たとえ覚えてても、いまの俺になんかまったく興味なんてないはずさ。いまの俺は誰からも見向きもされない人間なんだよ。生きてる価値さえないような人間なんだよ」

「おい……」

「あの頃はみんな喜んでくれたのに」

室町は涙声で言った。

「あの頃って子役の頃か」

「そうだよ。癌《がん》で死ぬ子供の役をやったときはさ、涙を溜めてセリフを言っただけで、日本中が泣いてくれたってのにさ」

タマ子の胸がずきんと疼《うず》いた。そのドラマはよく覚えている。子役時代の室町の顔もまざまざと思い出せる。室町少年は青白い顔をしていて、青いパジャマを着ていた。癌であるその少年はベッドに横たわったまま、見守るパパやママに向かって、涙を溜めて悲しげにこうつぶやくのだ。

「ねえ、ぼく、死んじゃうのかな」

あの少年の姿がいまの室町に重なる。いま室町は演技ではなくて、本当に死のすぐそばにいた。

「くっそー！」

室町は天井に向かって叫ぶと、ふとんの中に潜り込んだ。そしてなにやら呪《のろ》いの言葉みたいなものを、ぶつぶつとつぶやき始めた。

いまの室町に、いったいどんな言葉をかけてやったらいいのだろう。生きようという気力さえ失ったいま、どうしたら彼を日の当たる明るい場所へ引っ張り出せるだろう。

ふとんの中にいる室町を見つめながら、その方法を考えてみる。けれども、いまはなにも思い浮かばない。

タマ子は途方に暮れるしかなかった。

## 10

深く息を吸うことはいいことだ。最近、大貫はそう思うようになった。肺の奥にまで新鮮な空気を行き渡らせる。そうすることで、湿りがちな心が、いくぶんか快活になる。

「おはよう」

大貫は元気に言って、待合室へと入っていった。

待合室はちょうどみんな勢ぞろいしているところだった。浅野に、タマ子に、雅美に、滝田に、木之元に、龍門寺に、そして、パコもいた。パコは長椅子に座り、例の絵本を広げていた。

「おはようございます、大貫さん」

浅野が朗らかに返してくれる。しかしそのほかの面子《メンツ》は、冷ややかな目で大貫を見た。パコを叩いたことを、いまだ誰も許していないのだ。大貫は心がくじけそうになったが、

「おはよう」

と爽やかに返して、パコに歩み寄った。だが、龍門寺が立ちはだかる。

「なんやおっさん。まだ叩き足りないんか」

「そういうわけじゃ……」

大貫が言いよどむと、浅野が龍門寺の肩を叩く。

「大丈夫ですよ、大貫さんは」

その言葉に龍門寺が眉をひそめた。

「いや、しかしやな」

「いいから。大丈夫です」

浅野にしては珍しく、やや強引に龍門寺を引き下がらせた。

大貫はもう一度息を深く吸ってから、長椅子に座るパコの前に立った。腰をかがめて、

パコの顔を覗き込む。

「おはよう」

「おはよう、おじさん」

パコはにっこりと笑った。

「おじさんのこと、知ってるかい」

尋ねると、パコはじっと大貫を見返したあと、笑顔で首を振った。

「知らない」

「そうか」

つぶやきつつ、そっとパコの頬に手を添える。触れたとたん、パコの瞳に驚きの色が広がった。まるで化学変化を起こしたかのように。

「あれ？　おじさんさ、昨日もパコのほっぺに触ったよね」

龍門寺たちからどよめきが起こった。夜に眠れば記憶がなくなるはずのパコが、一日前のことを語ったからだ。大貫は浅野を見た。浅野は奇跡を目《ま》の当たりにしたかのような驚きの表情を浮かべていた。

「おじさんは、大貫だ」

やさしく自己紹介をする。

「大貫？」

どうやらパコは名前までは覚えていないらしい。

「ああ、大貫だ」

「初めまして、大貫。あたし、パコ」

「パコか。かわいい名前だ」

「ありがとう」

パコはもじもじと喜んでから、誇らしげに言った。

「あのね、パコね、今日お誕生日なんだよ」

「おお、そうか。それはすばらしい。誕生日おめでとう、パコ！」

大貫は心の底から祝福してやった。すると、龍門寺たちから、またもやどよめきが起こった。パコにやさしく接するなんて、いままでの大貫ではあり得なかったことだからだろう。

ただひとり浅野が寛容な笑みを浮かべ、いっしょになって、

「おめでとう」

とパコに言う。すると、龍門寺たちも次々とそれに続いた。

「パコちゃん、誕生日おめでとう」

みんなに祝福されて、パコはうれしそうに微笑んだ。

「ありがとう」

パコは照れつつ絵本をみんなの前に掲げた。

「パコね、これから毎日この絵本を読むんだよ」

その理由は知っていたが、大貫はわざとやさしく訊いてやった。

「どうしてだい」

「だってさ、だってさ、ほら！」

パコは絵本を開いて、死んだママからのメッセージをみんなに見せた。

「よかったねえ」

大貫は満面の笑みを浮かべて、うなずいてやった。

パコの記憶の秘密を知って大泣きしたとき、大貫はふたつのことをこの子のためにしてやろうと心に決めた。そのひとつめを、いまこそしてやろうと思った。

そのひとつめとは、『ガマ王子対ザリガニ魔人』を毎日いっしょに読んでやることだ。死んだ母親からのこの絵本を、パコは心底大切にしている。その思い入れの深い絵本を、毎日必ず読み聞かせてやるのだ。

「どれ、おじさんが読んでやろう」

大貫が手を出すと、「ほんと！」とパコは喜んで絵本を差し出してくる。

「これからはおじさんが、毎日読んであげるからな」

「うわあ、ほんとに？」

「本当だとも」

「ほんとにほんと？」

「ああ。ほんとにほんとだ。さあ、読むぞ」

自分はこんなことくらいしかパコにやってやれない。だが、パコに笑っていてほしくて、少しでもうれしいと感じてほしくて、悩みに悩んだ挙句にたどり着いたのが、絵本を読んでやることだったのだ。

ちらりと浅野を見る。浅野は感心したようにうなずいていた。大貫の行いに大賛成のようだった。

大貫は息を吸い、大きな声で読んだ。


　ばちゃーん、けろーん、ばちゃーん、けろーん！

　意地悪ばかりのガマ王子。

　小さな小さなメダカの子供を、

今日はいっぱいいじめます。
意地悪ばかりのガマ王子。
メダカの子供が大事に育てた水草の花を、
ぜーんぶムシャムシャ食べちゃった。

読みながら苦い気持ちになる。ガマ王子がしていることは、花壇の花をむしった自分の行為と同じものだからだ。

「メダカってなあに?」

パコが尋ねてくる。

「なに? メダカも知らんのか。小さい魚だ。あの池にだっているだろう」

大貫は窓の外に見える中庭の噴水池を指差した。

「ほんと? 見たい、見たい!」

パコは立ち上がると、大貫の手を取ってぶんぶんと振った。戸惑っていると、パコがそのまま強引に手を引いて、中庭へと連れ出そうとする。

「しかたがないなあ」

大貫は笑顔で立ち上がって、手を引かれるままに中庭への扉を出た。その途中、振り向くと、目を見開いて驚く龍門寺や木之元の顔が見える。雅美や浩一にいたっては、あ然とした表情をしていた。たしかに以前の自分だったら、パコの言いなりになって外に出るようなことはしないだろう。

「早く、早く」とパコが手を引いて走ろうとする。

「おい、ちょっと待ってくれよ。足元が」

そう言いつつも大貫は言いようもない幸せに包まれていた。パコがぴかぴかの笑みを浮かべているからだ。


次の日も、そのまた次の日も、パコに絵本を読んでやった。パコは一日経つと、なんにも覚えていない。しかし、パコの頬に触れると、いつも同じことをつぶやくのだ。

「あれ？　おじさん、昨日もパコのほっぺに触ったね」と。

たったそれだけのことと人は言うかもしれない。しかし、大貫にとってこの言葉を聞くことは、無上の喜びだった。前日のパコと繋がっている実感は、この言葉からしか得られないためだ。

「どれ、その絵本をおじさんが読んであげよう」

今日もいつものように誘ってみる。

「ほんと？」

パコは自分のお気に入りの絵本を初めて人に読んでもらう喜びを、全身で表す。それは毎日くり返される見慣れた光景だけれども、いっしょになって喜んでやる。

「今日は天気がいいから中庭で読もうか」

「うん」

喜ぶパコの手を引いて、中庭のベンチに向かう。ベンチの脇には浅野が用意してくれた金魚鉢がある。中にはメダカが二匹。パコが絵本にメダカが出てくると、決まって「メダカってなあに」と尋ねてくるので、浅野が用意してくれたのだ。

ベンチに座り、絵本を開く。パコが楽しそうに隣に座る。読み出す前に、中庭を横切る渡り廊下へと視線を走らせた。そこには浅野が立っていて、微笑ましげな表情をしている。その隣には龍門寺と滝田がいた。ふたりは不審げな表情だ。またパコにひどいことをするんじゃないかと、疑っているようだった。

叩いたりは二度としない。大貫は声を大にして言いたかった。だが、そうした宣言をするよりも、いまは行いでもって示したいと思う。

大きく息を吸ってから、読み始める。

不思議や不思議、　あら不思議。
王子のおなかが光ってる。
どうしたものかとよく見れば、
光っているのはお花だよ。
メダカの子供が大事に育てた、
かわいい、かわいい、あのお花だよ。

「メダカってなあに？」

案の定、パコが尋ねてくる。大貫はベンチの隅に置いておいた金魚鉢を見せた。

「メダカはね、この小さいお魚さんだ」

「これがメダカ！」

パコは目を輝かせる。この子は年齢でいったら、ちょうど小学校一年生のはずだ。本当なら、学校でもっともっといろんなことを学んでいる年齢のはずだ。メダカだけじゃなく、ほかの多くのことを覚えていく年齢のはずなのだ。それなのに、この子は変わらない。変わることができない。涙が出てきそうになる。

「ねえ、大貫。お花って光るの？　食べられちゃったのに？」

絵本を覗き込みながら、パコが訊いてくる。

「もちろん、光るとも。きっとそういうお花なんだな。おなかの中でも光る花なんだよ」

「不思議だね」

「そうだな。世の中には不思議なものや、不思議なことが、たくさんあるからな」

パコに語りかけながら、自らの心境の変化もまた、そうした不思議なことのひとつにちがいないと思った。まさか自分が見ず知らずの小さな子のために、なんでもやってあげようといった心持ちになるなんて思いもしなかった。以前はか弱いものすべてを毛嫌いしていたというのに、いまは強いとか弱いとかなど関係なく、生きとし生けるすべてのものがいとおしかった。


毎日毎日、パコに絵本を読み続けた。大貫から声をかけなければ、パコは読んでくれなんて言い出しはしない。ときにはさぼってしまおうかと思う日もあったが、パコの微笑みが見たくて、大貫は語りかけるのだ。

「おじさんがその本を読んでやろうか」

昨日のことなんて覚えていないパコは、うれしそうに答える。

「ほんとに？」

「本当だとも！」

パコは眠ればすべてを忘れてしまう。以前の自分だったら、そんな子のためになにかをしてやるなんて、無駄だと考えたかもしれない。だがいまはちがう。あの子が眠ってすべてを忘れてしまう前に、少しでも多く微笑んでほしい。喜びを感じてほしいのだ。

今日も中庭で絵本を読む。自分がだんだん読み手として上達していくのを感じながら、大きな声で読んだ。

どうしたんだろ、ガマ王子。
涙がいっぱい出てくるよ。
これまで自分がやったこと、
壊したお家に食べた花。
どれもが悲しくなってきた。

大貫の視界に、自分が壊した花壇が入ってきた。絵本の言葉と自分のした行いが重なり合って、申し訳なさでいっぱいになる。

　ごめんよ、みんな。

　ごめんよ、みんな。

　ぼくはとってもばかだった。


ガマ王子のいたたまれなさは、大貫のいたたまれなさと、まったく同じだった。

　どうしてなのか知らないけれど、
　涙がいっぱい出てくるよ。
　いままでみんなが流しただけの、
　涙がぼくから出てくるよ。

大貫の目に、自然と涙が滲《にじ》んでくる。この花壇を作って亡くなった、少年のことを思って涙がこぼれた。

「泣いてるの、大貫」

　パコが顔を覗き込んでくる。

「いや、そんなことはない」

快活に答えたが、涙が頬を伝ってしまった。

「大丈夫？　これ使って」

パコはポケットからハンカチを取り出した。

やさしい子だ。こんないい子なら、いつか養子に迎えることを考えてもいいんじゃないだろうか。たとえ記憶障害が治らないとしても、それでもかまわない。こんなにもやさしくて、明るい子がそばにいてくれるだけで、自分の人生が明るいものになるような気がした。


空が夕焼けに染まる頃、中庭で絵本を読む日もあった。中庭の緑たちは、落ちていく太陽の光を受けて、黄金色に輝く。

「許せない、許せない、ザリガニ魔人を許せない！」

大貫はガマ王子になりきって、身振り手振りをつけて読んだ。そうすると、パコがとても喜んでくれるからだ。興奮して、

「負けるな、ガマ王子」

と合いの手を入れてくれることもある。大貫はますますうれしくなって、感情をこめて読んだ。

いままでいっぱいひどいことした、
ばかでまぬけなぼくだけど、
なにかみんなにしてあげたくて。
だけど強いよザリガニ魔人。
ぼくはそろそろ死んじゃうよ。

絵本の挿絵と同じように、大貫はばったりと地面に倒れてみせた。やりすぎかと思ったが、パコの様子を窺うと、固唾《かたず》をのんで見守っている。
次の一文を読むためにベンチに座りなおすと、渡り廊下に立つ木之元と滝田が見えた。以前よりもやさしげな顔つきをしているように見えた。

だけど何度も立ち上がる。
不思議な力がそうさせる。
王子のおなかのお花が光ると、
不思議と力が湧いてくる。

パコは絵本の物語の世界にすっかり浸りきっているのだろう。夢中になりすぎて、その目は虚ろだ。もしかしたら、この子の目には絵本の世界の情景が、はっきりと見えているのかもしれない。ザリガニ魔人に痛めつけられているガマ王子の様子や、やられても必死に立ち上がる姿や、メダカの子供が育てた花で、ガマ王子のおなかがぴかっと光る場面まで。

夢中になってくれているパコを見て、自然と微笑が浮かんできた。

しかし、その瞬間、心臓に痛みが走った。太い釘を打ち込まれたかのような鋭い痛みで、息が詰まる。心臓を押さえて丸くなると、パコが慌てて訊いてくる。

「どうしたの、大貫。痛いの？」

「大丈夫だよ、パコ。ちょっと痛くなっただけだ。すぐに治るから」

パコにはそう言ったが、痛みで体に力が入らない。ベンチに座っていられずに、地面に両膝から崩れた。絵本が芝生の上に投げ出される。顔を上げると、渡り廊下には木之元と滝田がいた。木之元がうろたえつつ叫んだ。

「や、やばいよ、これ。自転車置き場の室外機の噂通りだよ！」

自転車置き場の室外機のプロペラが回ったとき、必ず人が死ぬという噂のことを言っているのだろう。大貫もその胸の痛みから、木之元の言葉があながち的外れではない気がした。それに、映画やテレビドラマでよくある話じゃないかとも思った。いままで人に嫌われていた登場人物が改心したとたん余命が短いことが発覚する、といったあのパターンだ。いまの自分はまさにそれだった。

「不謹慎なこと言わないでくださいよ」と滝田が木之元を叱責《しっせき》している。

「けど、だって……」

「ぼくは先生を呼んできます。大貫さんを見てやってください」

滝田が渡り廊下を走っていった。大貫は絵本を拾い上げ、再びベンチに座った。読み始めようとすると、パコが手をつかんで揺さぶる。

「ねえ、大貫。お話の続きは明日でいいよ。体のどっかが痛いんでしょ」

パコの顔をじっと見つめる。明日になれば、すべて忘れてしまっていることさえ知らないこの子のために、最後まで読んでやりたかった。今日は今日の分として、喜びや楽しみを、この子に伝えてあげたかった。

「大丈夫だよ。もうちょっとで読み終わるから、このまま読んでしまおう」

パコは心配そうな顔つきのまま、ゆっくりとうなずいた。そのパコの向こうに、沈みゆく太陽が見える。太陽は真っ赤に燃えながら、新館と旧館のあいだにある雑木林へと落ちていく。こんな真っ赤な太陽をゆっくりと眺めるのはいつ以来だろう。痛みが鎮まりかけてきた自分の心臓に手を当てつつ、続きを読んだ。

夜、浅野に呼ばれて彼の診察室へと向かった。その途中、パコの病室の前を通ってみると、ドアが開け放されていた。覗いてみたら、ぐっすりと眠るパコが見えた。かわいらしい寝顔だった。

浅野の診察室へ入ると、「どうぞ、大貫さん」と椅子を勧められた。浅野と向かい合って座る。浅野はすぐに聴診器を用意して、具合を診てくれた。

「毎日欠かさずパコちゃんに絵本を読んであげてるみたいですね」

浅野は聴診器で大貫の心音を聞きながら尋ねてきた。

「それぐらいのことしか、してやれんからな」

照れてぶっきらぼうに答えると、浅野は聴診器の先を大貫の額にぺたりと当てた。

「なにをする」

怒ると、浅野は小さく噴き出して笑って、「すみません」と謝る。

「本当にすみません、大貫さん。けどね、以前みんなにクソじじいと呼ばれていた大貫さんが、いきなり善人になっちゃったから、逆に心配しちゃいましてね」

「おい、ふざけるなよ、ヤブ医者が」

大貫は凄《すご》んでみせたが、すぐに笑みを浮かべる。浅野が冗談で聴診器を額に当てたことはわかっているからだ。奇妙なことだが、浅野とのあいだには友情のようなものを感じる。年齢もちがえば立場もちがう。それだけれども、パコを介しての温かい関係が築けているような気がする。

「パコちゃんは、大貫さんが頰に触れれば、触ったことがあるねってまだ尋ねてきますか」

「ああ、訊いてくるよ。今日も訊いてきた。だがそれだけだ。それ以上なにかを覚えてるってことはない」

「いや、それだけでも奇跡的なことですよ。ほかの一切を覚えていないパコちゃんが、大貫さんに触れてもらったことを覚えているなんて」

浅野は椅子から立ち上がると、窓辺に歩み寄って中庭を見下ろした。外は暗いために、窓は黒い鏡となって、白衣の浅野を映している。窓に映る浅野が、ぼそりとつぶやいた。

「やっぱり、大貫さんは神様に選ばれたんだな」

「神様に選ばれた？　私が？」

要領を得ないことを言う。浅野はゆっくりと振り向くと、微笑んで答えた。

「そうです。大貫さんはきっとパコちゃんをいっぱい幸福にする役目に選ばれたんですよ」

うれしいことを言ってくれる。だが、大貫は照れて言った。

「そんなんじゃない。ただ私は、明日も、そのまた次の日も、あの子の心にいたいなって思っているだけだ。本当にただそれだけなんだよ」

「変わりましたね、大貫さん」

「うん？」

「以前は口癖のように言ってたじゃないですか。おまえが私を知ってるってだけで腹が立つってね」

　恥ずかしくなって苦笑いした。自分でもびっくりするほどの心の変化だと思う。あれほど人に顔と名前を覚えてほしくなかった自分が、いまではパコの心にいたいと願ってやまないのだから。

「だが、いま頃きっと、パコは私のことなんか忘れてるんだろうなあ。さっき病室を覗いたが、ぐっすりと眠っておったよ。もう今日私と過ごした記憶は、失われてしまっているんだろうなあ」

　自嘲《じちょう》気味につぶやくと、浅野は悲しげな顔をした。その表情を見ているうちに、いっしょになって悲しんでくれたり喜んでくれたりする浅野に、もう少し心情を吐露したくなった。

「実はね、先生。私は最近あの子といつもいっしょにいるだろ？　そうすると、なんだか自分が弱い生き物に思えてきてしかたがないんだ」

　浅野は神妙に何度もうなずいてから言った。

「大貫さん。それは、あなたにとってつらいことですか」

「いや」

　きっぱりと首を振る。

「かえって心が軽くなったよ」

「パコちゃんが、大貫さんの心を救ったんですよ。私からはそう見えます」

「私もそう思うよ」

　きっとパコがいなかったら、いまの自分はいなかっただろう。いつまでも偏屈なクソじじいのままだっただろう。

「なあ、先生」と語りかける。パコの記憶の秘密を知って大泣きしたとき、ふたつのことをパコのためにしてやろうと心に決めたが、そのふたつめを浅野に相談したいと思ったのだ。

「なんですか」

「私からひとつ提案があるのだが、聞いてくれるかな」

「提案？」

「あの子のためにしてあげたいことがあるんだよ。そのために、先生に協力してほしいんだ」

「それはいったいどんな内容のことですか」

「劇をやろうと思うんだよ」

「劇？」

浅野が首をかしげる。

「ああ、そうだ」

「なんの劇ですか」

「あんなにもピーターパンにこだわっていた先生には悪いが、やるのはパコがいつも読んでいる『ガマ王子対ザリガニ魔人』にしようと思う」

パコにとってあの絵本は特別だ。読んであげれば夢中になって聞いている。あの物語を劇として上演して、パコに見せてやりたかった。

「どうかな」

大貫はおずおずと浅野に尋ねた。しかし、答えは聞かなくても浅野の表情を見ただけでわかった。その瞳はきらきらと輝いていて、おおいに賛成してくれていることがじゅうぶんに伝わってきたからだ。

# 11

午前の回診が終わったあと、大貫は待合室へと向かった。浅野に頼んで、パコを除いた旧館に入院する全員を待合室に集めてもらった。看護師である雅美やタマ子も呼んでもらい、甥っ子の浩一も電話で呼びつけた。浅野はいやがっていた室町まで連れ出してくれていた。

「なんやねん、全員集合って」

龍門寺があくびをしながら浅野に文句をたれる。

「すみませんね、みなさん。けど、今日は大貫さんから超すてきな提案があるので、みなさんに集まってもらったんです」

浅野の言葉を受けて、大貫が説明を始めようとすると、堀米が真っ直《す》ぐ上に手を挙げて叫んだ。

「反対！　反対ったら反対！」

「ねえ、堀米さん。大貫さんの話を聞いてからにしてください」

浅野が諌めるが、堀米は悪びれもせずに言う。

「聞く前に決めといたほうが面白いじゃないですか。私は断固反対する！」

堀米は飛び跳ねながら、「反対、反対」と連呼する。見かねた龍門寺が一喝した。

「うるさいんじゃ、ボケ！」

一瞬にして堀米は黙った。これで話しやすくなった。大貫は気を取りなおして、説明を始めた。

「今日はみんなに集まってもらって本当にすまない。私からの提案というのはだな、この病院にはサマークリスマスという行事があるだろ。その行事で、ここにいるみんなでお芝居をやってみるのはどうだろうか」

大貫の提案に不平不満が続出した。「お芝居？」「なんでそんなことやらなくちゃいけないんだ」とみんな口々に言う。

それでも大貫は持参してきた手提げ袋から、劇の台本を取り出し、全員に配った。台本は浅野と手分けして、『ガマ王子対ザリガニ魔人』から書き起こした。慣れない作業で手間取ったが、驚いたことに浅野がかつて大学で演劇部に属していたそうで、台本はなかなかの完成度となった。

「ガマ王子対ザリガニ魔人？　これ、パコちゃんがいつも読んでる絵本のタイトルですよね」

滝田が訊いてくる。説明しようとすると、堀米が割り込んできた。

「反対！」

ちょっと待て、と返事をしようとしたが、さらに龍門寺に割り込まれた。

「わしも反対じゃ。なにが劇じゃ。なんで大貫のおっさんに仕切られなあかんねん」

「仕切るだなんて、私はそんなつもりはないが……」

「あほ。おっさんはいままでわしらのこと、さんざんばかにしてきたやんけ。それなのに、なにをいまさらいっしょに芝居をやらなあかんのや」

「あたしもいやだな」

木之元が同調して反対する。ほかの連中もおおむね反対のようだった。しかし、ここで引き下がるわけにはいかない。パコのために、この劇はなんとしても上演してやりたかった。

「なあ、みんな聞いてくれ。みんなが私を嫌っていることは重々承知だ。いきなりみんなでお芝居をやろうなんて、都合のいい話だってこともわかっている。だが、この劇だけは」

そこまで言ったとき、急に胸に激痛が走った。例の心臓に釘を打ち込まれたかのような痛みだ。しかもその釘は以前よりも太かった。

痛みに耐えきれず、片膝をついてうずくまった。

「な、なんや。どうしたんや」

龍門寺が驚くと、木之元が「まさか」と声をあげる。浅野が駆け寄ってきて介抱してくれた。

「大丈夫ですか、大貫さん。横になりますか」

大貫は首を振って痛みに耐えた。木之元の囁く声が聞こえてくる。龍門寺に耳打ちをしているようだった。

「ねえ、自転車置き場の室外機が回ると人が死ぬって噂は知ってる？　たぶん、その死ぬ人ってさ――」

最後まで聞こえなかったが、きっと大貫の名前を出しているのだろう。

「そ、その噂ほんまか！」

龍門寺が叫ぶ。なんとか立ち上がって木之元を見ると、その目には涙を浮かべていた。

龍門寺は憐《あわ》れみの視線を向けてきている。じっと見つめ返すと、龍門寺は無理やりな笑みを浮かべた。死んでいく人間にはせめてやさしくと、思っているように見えた。

傍らの浅野が尋ねてくる。

「今日はここでいったんお開きにしますか」

「いや、せっかくみんなに集まってもらったんだ。劇について今日のうちに話しておこう。痛みはすぐに治まるから」

大貫は立ち上がり、胸を張って大きく深呼吸した。痛みは次第に薄らいできている。心臓が正常に脈打ち始めているのも感じる。パコに見せるこの劇をきちんと上演するまでは、死んでも死にきれない。

「なにか質問はないか。なんでもいいぞ」と声を張り上げると、浩一が律儀に挙手をしてから尋ねてきた。

「あのう、おじさん。この台本おかしくないですか」

「どこがおかしい」

「だってこの台本って、ここにいる全員が出ることになってますよね」

「その通りだが」

「じゃあ、誰がこのお芝居を観る」

龍門寺や木之元が「なるほど」「じゃあ、誰が」とぼそぼそと言い合う。

そうしたなか、絵本をかかえたパコが、てくてくと歩いて待合室へ入ってきた。その姿を見た浩一が、納得といった声でつぶやく。

「ああ、なるほど。パコちゃんが観るのか。それはいいアイデアですね」

大貫は理解してもらえて、ほっと胸をなで下ろした。浅野は全員に言い聞かすように、声を大きくして言った。

「ね、だから最初に私が言ったでしょ。超すてきな提案だって」

みんなが不承不承ながらも、台本をぺらぺらとめくり始める。堀米が、ひとり素っ頓狂な声をあげた。

「こ、これはどうしたことか！　私だけ役がないじゃないか！」

「残念だけど、あんたは数に入れてないよ」

大貫は単刀直入に答えた。堀米はあてにならなすぎる。いっしょに練習などしてくれるタイプじゃあない。

「反対！　劇なんて絶対反対！　そうやっていつも弱者を切り捨てる。反対だ！　反対だ！　絶対に反対だ！」

堀米が長椅子の上に立って喚《わめ》き散らした。迷惑このうえない。諫めようとしたが、それよりも早く龍門寺が履いていたスリッパを脱いで、堀米の後頭部を叩いた。堀米は面白くなさそうに口をつぐんで長椅子に座った。

一難去ったらまた一難。まさにそういった具合に、今度は雅美が自分の配役に不満をもらした。

「あたしこんな役できません。だってこれ悪役じゃないですか」

配役は浅野とふたりで決めた。当然不満が出ると予想していたが、代わりを務める人間はもうこの旧館にはいない。

大貫は雅美を呼び寄せた。少しばかり意地悪な方法だが、この際いたしかたない。雅美の耳元で囁く。

「そんなにもこの役をやりたくないのか」

「もちろんですわ」

「じゃあ、やらなくていいぞ」

「本当ですか、おじさま」

雅美がはしゃいだ声をあげる。

「その代わり、その役だけでなく、会社の後継者も別の人にやってもらおうと思うんだが、どう思う」

ぴたりと雅美の動きが止まった。硬直したのだ。その一瞬後、いかにも作り笑いといった表情で雅美が言う。

「やりますわ、おじさま。ぜひこの役をやらせていただきます」

大貫は安堵《あんど》しつつ、胸の中で謝った。『ガマ王子対ザリガニ魔人』を上演するという思いつきは、まったくもって大貫の自己満足であるかもしれない。それにつき合わせてしまって、すまないと思った。

「あの、大貫さん。本当にぼくがガマ王子なんですか」と滝田がおずおずと訊いてくる。

「書いてある通りだ」

「うわ、やっぱり本当ですか。ということは主役じゃないですか！」

滝田は小躍りして喜んでくれた。

「頼んだぞ」と大貫は滝田の肩を叩いた。滝田にガマ王子役を配したのは、浅野のアイデアだ。消火活動中に怪我をして自信をなくしている滝田に、元気になってもらおうという狙いらしい。

その案を出してきた浅野を見る。浅野はにやにやとした笑みを浮かべ、台本を見ていた。なにを笑っているのかと思ったが、浅野はタマ子に近づき、楽しそうに言った。

「いいねえ、タマ子ちゃん。君の役、メダカちゃんだよ」

茶化されたタマ子が、烈火のごとく怒った。

「やらねえ！　メダカちゃんなんて絶対にやらねえぞ」

「まあ、そう言わずに」

大貫はタマ子をなだめた。

「なにがメダカちゃんだよ」

タマ子はすっかりお冠だ。きっと自分とイメージのかけ離れたかわいいメダカちゃんを演じるのが、恥ずかしくてしかたがないのだろう。ぷりぷりと怒りながら待合室を出ていこうとした。

ところが、そのタマ子の手を、それまで様子を窺っていたパコが、すがるようにしてつかまえた。

「ねえねえ、みんな楽しそうだね。パコも混ぜてほしいな」

誰もがパコに注目して、しんと黙った。大貫はパコのそばへ行き、目線が同じになるようにと跪《ひざまず》く。

「なあ、パコ。パコがこのお芝居に参加するのは、もう少しあとになるから、ちょっとだけ待っててくれないか」

パコは大貫を見て、首をかしげた。今日はまだお互い自己紹介をしていない。知らないおじさんに話しかけられて、戸惑っているふうだった。大貫はそっと手を伸ばし、パコの頰に触れた。

「あれ？　おじさん、昨日もパコのほっぺに触ったね」

いつも通り、パコはそれだけを思い出してくれた。

「ああ、触ったとも」

パコは安心したのか、にっこりと笑った。

「おじさんといっしょに中庭に行こう。その絵本をおじさんが読んであげるから」

大貫はパコから絵本を預かり、空いている手でパコの手を取って渡り廊下に向かった。

しかし、台本が床に叩きつけられる音が待合室に響いて、足を止めた。振り向くと、室町が長椅子から立ち上がっていて、床に叩きつけた台本を憎々しげに睨んでいた。

浅野が穏やかに声をかける。

「どうしたの、室町君」

室町は浅野を睨みつけ、きんきんと響く声で叫んだ。

「こんなガキのお遊戯会みたいなもん、やってられっかよ！」

待合室にいる誰もが、息をのんで室町を見つめた。室町はその場の全員をねめつけるように眺めていき、大貫の前でその視線を止めると、口から泡が飛ぶほど勢いよく叫んだ。

「おい、クソじじい！　ふざけるんじゃねえぞ」

「なにがだ」

パコを後ろに隠しつつ訊き返す。

「なにがだじゃねえよ。俺が病院に転がり込んだとき、苦しんでる俺を見て、笑ってたじゃねえかよ。そんなクソじじいが、急にいい人ぶって芝居をやろうだと？　いまさら善人ぶったって手遅れなんだよ。おめえなんか、とっとと死ね！　死んで地獄に落ちろ！」

「ちょっと待ってくれ。私の話を聞いてくれ」

困惑しつつ、室町に歩み寄る。たしかに自分は室町にすまないことをした。それをきちんと謝罪して、そのうえで劇に協力してもらおうと思った。

しかし室町に両手で突き飛ばされた。

「近づくんじゃねえよ、クソじじい！」

大貫は足をもつれさせて、床に尻餅をついた。その拍子に絵本を手から放してしまった。

「なにが芝居だよ！」と室町が叫び、床の絵本を踏みつけた。

「こら、なんてことを」

慌てて絵本に手を伸ばす。室町は足を振り上げると、大貫の右手を絵本もろとも踏みつけた。

「痛い！」

激痛のあまり大貫が叫ぶと、室町はさも愉快そうに声を裏返して笑った。手を抜こうとしても、足を上げてくれない。それどころか、ぐいぐいと力をこめて踏みにじろうとする。

「思い知ったかクソじじい」と室町がつぶやいたそのときだ。

　タマ子が走ってきた。そしてそのままの勢いで、室町の頬を平手で打ち抜く。体格のいい室町が、その平手打ちで吹っ飛んだ。待合室の壁に背中をぶつけて、すとんと腰を落とす。

「大丈夫か」とタマ子は傍らにしゃがみ込んで訊いてくる。

「ああ、大丈夫だ」

「立てるか」

　タマ子に助け起こしてもらう。

「悪いな」

「ほら、これ」とタマ子は絵本を拾い、手渡してくれる。

「ありがとう」

　絵本を受け取ると、再びパコの手を取った。大人同士のこんな諍《いさか》いを、この子に見せてはいけない。急いでパコの手を引いて中庭へと向かった。

「ねえ」とパコが訊いてくる。

「なんだい」

「あの人、悪い人？」

　振り返るパコの視線の先には、まだ床に座り込んだままの室町がいた。

「いや、悪い人なんかじゃないよ」

大貫は穏やかな笑みを作って首を振った。室町は悪い人なんかじゃない。いまはただ苦しい境遇に置かれて、自分を見失っているだけだ。そう信じてやりたかったし、信じてやるだけの価値がある人間だと、思いたかった。

## 12

「ほら、起きろ」

タマ子はうずくまる室町の手を取って立ち上がらせると、その手を引いて、看護師の休憩室へと引っ張っていった。無様な室町の姿を、みんなの視線にさらしておくのがいやだったからだ。

ドアを開けて、室町を中に押し込む。

「そこに座れ」と命令すると、室町はへらへらと笑いながら、パイプ椅子に腰を下ろした。座ってからも、タマ子の顔を見つめたまま笑い続けている。

「なに笑ってるんだよ、てめえ」

タマ子が凄むと、室町はふにゃふにゃとした口調で言った。

「いやあ、俺って情けないなって思ってさ」

「なにが情けないいんだよ」

「だって女のおまえにぶっ飛ばされちまうんだもん。もうさ、男失格っていうより、人間失格って感じだよな」

室町は卑屈さの塊みたくなっていた。

「おまえでも、情けないなんて思うんだな」

わざと挑発するように言う。もちろん言い返してくるのを期待してだ。しかし、室町はそのふざけた笑みを消さずに返してきた。

「思うさ。わかってるもん。俺がどんなにみじめな人間か」

がっかりした。いらいらした。こいつはどこまでみっともない男なんだろう。なんて意気地のないやつなんだろう。言い返す気概もないのだろうか。

「やれよ」

タマ子は室町の胸元に台本を突きつけた。

「あ？」

「おまえも芝居をやれよ。おまえ俳優なんだろ。だったら手本を見せてみろよ」

「俺が？　いやだよ。お遊戯会レベルの芝居なんてまっぴらごめんだよ」

「おまえさ、びびってんだろ」

鋭く言うと、室町の顔が険しくなった。タマ子は畳みかけるように言った。

「おまえは自分が俳優だってことにこだわってるけど、本当は下手くそな演技をみんなの前で披露するのが怖いんだろ。お遊戯会レベル以下だってばれるのがいやなんだろ。だからそんなへらへら笑って、逃げようとしてんだろ」

室町は勢いよく立ち上がると、台本を壁に投げつけた。

「うるせえよ、このブス。なに言ってんだよ。だいいちこんな芝居自体意味がねえだろ」

「意味がない？」

「そうだよ。どうせ観たってひと晩寝れば忘れちまうガキのために芝居をやるなんて、意味がないに決まってるだろ。なんであんな人の顔も名前も覚えられないガキのために、この俺が芝居をやらなくちゃならないんだよ」

カチンときた。室町の胸ぐらをつかみ、ぐいと押す。

「やってみなくちゃ、わかんねえだろうが」

驚いている室町にさらに言ってやる。

「顔も名前も覚えられないとしても、それでもあの子の心になにか残せるかもしれねえじゃねえか」

「離せよ、ブス！」

　室町に払いのけられる。よろめいて、再び室町を睨むと、中庭から大貫の声が聞こえてきた。パコに絵本を読んでやっているときの大貫の声はとても大きい。そして、最近その声は、どんどんやさしさを帯びていっている。

「おい、室町。あのじじいの声が聞こえるか」

　中庭に面した窓を、室町はじろりと睨んだ。

「あのじじいはな、信じてんだよ」

「は？」と室町が顔をしかめる。

「一日経てば全部忘れちまうあの子の心に、記憶ってことができないあの子の心に、なにか残せるはずだって、あのじじいは信じてんだよ！　ばかみたいな話だけどさ！」

　あのクソじじいは、心を入れ替えた。それは言葉にすれば簡単なことだけれど、実際にパコに対してなにかしてやろうともがいている。必死にあの子のことを考えてやっている。それは大変なことだ。本気になって考えれば考えるほど、大変なことなのだ。

　たしかに大貫はかつてクソじじいだった。けれども、変わったことを認めてやらなくちゃいけない。変わったあとを評価してやらなくちゃいけない。そもそも、変わらない人間はばかだ。

「やる。やってやるよ」

思わずタマ子は口走っていた。自分も変わらなくちゃと思った。そうでなくては、いま目の前にいる腑抜《ふぬ》け野郎といっしょになってしまう。

「やるってなにをだよ」

「芝居だよ。メダカちゃんをやってやるって言ってんだよ」

メダカちゃんだなんて、自分に似つかわしくない役だってよくわかっている。だいたい芝居なんて柄でもない。演技なんてこっ恥ずかしくて死にそうだ。

だけども、パコのためになにもしなかったら、きっと後悔する。腰抜け野郎といっしょだったと一生後悔することになる。

タマ子は室町を睨みすえた。

「びびって逃げ出すだけの弱虫野郎に、素人のど根性見せつけてやるからな」

あ然とする室町を残して、休憩室を出た。本当なら、室町にはもっとやさしく接してやりたい。だけれども、いまは駄目だ。頑張ってほしいやつだからこそ、冷たく接しなくては。いまこそ頑張らなきゃいけないと自分で気づかない限り、きっとあいつはなんにも変わりはしない。

「変わらない人間はばかなんだぞ、室町」

タマ子は廊下をずんずんと歩きながら、小さくつぶやいた。

## 13

明くる日、大貫がいつものように待合室の長椅子で、パコに絵本を読んでやっていると、少しずつ人が集まり始めた。みんな『ガマ王子対ザリガニ魔人』の台本を手にしている。慣れない芝居の練習のために、誰もが四苦八苦しているようだった。

「意地悪ばかりのガマ王子、ガマ姫様はそんな王子が心配でなりません」

大貫がページをめくると、隣に座るパコが尋ねてくる。

「ねえ、ガマ姫様って誰？」

この子はせっかく読んだ内容も、次の日には忘れてしまう。

「ガマ姫はね、ガマ王子のお母さんだ」

「へえ」

パコは絵本のガマ姫をまじまじと見つめた。そのあいだ、大貫は長椅子のそばで立ち話をしている浅野と木之元の会話に、耳を傾けた。

「え、木之元さんの娘さん、結婚されるんですか？」

「そうなのよ。娘ったって、別れたきり、もう二十年以上会ってないけどね」

そうは言いつつも木之元はうれしそうだった。いつにも増してオカマ声が、なよなよとして聞こえる。

「式はいつなんだい」と大貫は絵本を読みさして、会話に混ざった。木之元は機嫌がいいらしく、楽しそうに答えた。

「再来月よ。相手は一流企業の商社マンなんだって」

「そいつはめでたい」

「一応けじめだからって。あたしにも招待状を送ってくれたの」

「式には出るんですか」と浅野が尋ねると、木之元はばか笑いして否定した。

「出るわけないじゃん。どの面《つら》下げて出られるってのよ。この面？　この髭面？　こんなお母さんみたいなお父さんが出ていったら一生の笑いの種よ。ほら、見て」

木之元は招待状のハガキを大貫と浅野に見せた。

「ね、式には呼びませんって書いてあるでしょ。うちの娘、しっかりしてんのよ」

「明るいなあ、木之元さんは……」

浅野が苦笑いでつぶやいた。

大貫が再びパコに絵本を読んでやろうとすると、公衆電話の前にいた龍門寺が、叫ぶように言った。

「なんやて！　順平が殺された？」

物騒な会話に、誰もが固まった。大貫は浅野に目で語りかけた。龍門寺の会話はなにかただごとじゃなさそうだ。そういった話をパコに聞かせたくない。パコを病室へ帰したほうがいい。

浅野は察知してくれたようで、うなずくとパコに呼びかけた。

「パコちゃん、ちょっとお部屋に戻ろうか」

パコはきょとんとしていたが、おとなしく浅野に従って、病室へと戻っていった。

電話を切った龍門寺が、呆然とした表情で長椅子に座った。

「どうした」と語りかけると、力ない声でぽつりと言う。

「順平が死んでもうた」

痛ましい心地になりながら、大貫は尋ねた。

「順平って身内か？」

「いや」

「友人か？」

「いや」

力なく首を振る龍門寺の目には、涙が浮かんでいた。

「じゃあ、どなたが亡くなったんだ」

「……サル」

「サル？」

聞きまちがいかと、思わず訊き返した。

「そうや、サルや」

「サルってあのウキーと鳴くサルか」

「だからそう言ってるやないか。ワシが順平って名づけたサルや」

驚いていると、龍門寺は悔しそうに語り出した。

「順平はな、裏の山からたまに遊びに来るやつやったんや。それでな、イチゴをワシの手から食べんねん。手からやで！　けどな、順平のやつ、ワシの部屋で遊んどったら、ワシが組から預かってたハジキ見つけよってな……。賢いわ、順平。ワシに向けて撃ちよった」

「あ、あんたサルに撃たれて病院に運ばれてきたのか」

「そうや。あかんのか」

「いや……」

あまりにも荒唐無稽な話で、信じがたい。そばにいる木之元は、必死で笑いをこらえている。大貫は木之元に笑わないようにと、目で牽制《けんせい》をした。

「びっくりしたんやろな、順平。ウッキー言うて山に逃げて……。で、今朝猟師に撃たれてしもた」

龍門寺は語り終えると、がっくりとうなだれた。どう慰めるべきか迷っていると、龍門寺が顔を上げて言う。

「おかしかったら、笑《わ》ろたらよろしいやん。サルに撃たれて、サルが殺されて泣いてるあほなやつがおるって、笑ろたらよろしいやん」

よっぽど悲しいのだろう。龍門寺はやっとそれだけを言うと、人目も憚《はばか》らず、おいおいと声をあげて泣き始めた。強面の龍門寺だが、泣き顔は子供のようだった。

「大丈夫か」

龍門寺の肩に手をかけた。だが、龍門寺は答える余裕もないようで、ただただ泣き続ける。不格好な泣きっぷりだ。きっと龍門寺は泣き慣れた人間ではないのだろう。

「おい、あんた。あんまり泣いた経験がないだろ」

語りかけると、龍門寺は大きくうなずいた。

「じゃあ、涙の止め方もわからんだろ」

龍門寺は再びうなずく。

「この病院はふざけたやつばっかりだが」と大貫は冗談っぽく前置きしてから、言ってやった。

「ここの浅野というヤブ医者が、私に涙の止め方を教えてくれたよ。あんた、知ってるか」

龍門寺は首を振り、教えてくれといった懇願の目で大貫を見た。

「浅野はこう教えてくれたんだ。涙はな、いっぱい泣いたら止まるってな」

大貫がそう言ったとたん、龍門寺はいままでの何倍もの声を張り上げて泣き始めた。まさに号泣だった。

泣き続ける龍門寺を見守っていると、なぜか背後からも泣き声があがった。振り向くと、木之元が写真を見て泣いていた。たしかあれはひとり娘が写っている写真だ。木之元は結婚式に参席できないことを泣いているのだろう。二十年ちょっと前に、家に娘を置き去りにして出てきてしまったことを後悔しているのだろう。きっと龍門寺の涙が、木之元の涙を誘発させたのだ。

大貫の耳に、『ガマ王子対ザリガニ魔人』の文章がよみがえってきた。ガマ王子が自分の罪を悔いてつぶやく言葉だ。

　ごめんよ、みんな。
　ごめんよ、みんな。
　ぼくはとってもばかだった。
　どうしてなのか知らないけれど、
　涙がいっぱい出てくるよ。
　いままでみんなが流しただけの、
　涙がぼくから出てくるよ。

　自分がした行いを、悔やんで泣かずに一生を終える人間が、この世にいるのだろうか。いや、いないと大貫は思った。誰しもが涙を流し、後悔する。そして、少しだけ正しくなるのだ。きっと。
　龍門寺と木之元を慰めてから、大貫はパコの病室へと急いだ。
　パコの病室へ入ろうとすると、廊下までパコの声が聞こえてくる。耳をすましてみると、それは絵本を読む声だった。たまにはあの子が読むのを聞いてみるのもいい。廊下の壁に背を預け、パコの声に耳を傾けた。

いままでみんなが流しただけの、
涙がぼくから出てくるよ。

かわいい声だ。大貫はうれしくなってひとりうなずいた。パコが読んでいるのは、涙を流すガマ王子の絵が描かれているページだ。何度も何度もパコに読んでやっているため、文章も挿絵もすべて覚えてしまっているのだ。

パコがページをめくる音がする。次のページの絵は、夕暮れの丘で、腰に下げていた剣を抜くガマ王子が描かれている。ガマ王子がみんなのために、ザリガニ魔人を倒そうと決心するのだ。

許せない、許せない、
ザリガニ魔人を許せない。

一所懸命読んでいるパコの邪魔をするのも悪い。病院内をひと回りしてから、もう一度やってこようと、抜き足差し足で病室を離れた。
階段を降りていくと、踊り場で滝田が台本を読んでいた。階段の手すりに寄りかかり、すっかりガマ王子になりきってセリフを話している。たぶん、滝田がいちばん張りきっているだろう。そして、滝田が読んでいるセリフは、ガマ王子がザリガニ魔人にこてんぱんにやっつけられたあとのものだった。
滝田は握りこぶしを振り上げてセリフを言った。

ザリガニ魔人のハサミのせいで、
体はすっかりぼろぼろだけど、
勇気をあるだけ振り絞って、
何度も何度も向かってゆく！

階段を降りて待合室へ行くと、タマ子が仕事がてら台本を読んでいた。彼女らしくないかわいらしい声でセリフを読みあげている。いやがっていた彼女だが、やっと協力してくれるつもりになったらしい。ありがたい。

大貫に気づいたタマ子が顔を上げた。目が合う。そのとたん、タマ子の顔は真っ赤になった。らしくもないかわいい声を出していたのを聞かれて、恥ずかしくなったのだろう。

「な、なんだよこら！　なに立ち聞きしてんだよ」

「いや、メダカちゃんらしく、かわいく演じてくれてると思ってな」

大貫が言うと、タマ子の顔はますます赤くなった。

「かわいいとか言うんじゃねえよ、クソじじい。そうやって台本に書いてあるんだよ！」

タマ子は足元にあったゴミ箱を蹴飛ばした。照れ隠しを微笑ましく思いながら、大貫はパコの病室へと戻った。

病室を覗くと、パコはまだ熱心に絵本を読んでいた。読んでいるのはガマ王子が傷ついて倒れている場面だった。

だけど強いよザリガニ魔人。
ぼくはそろそろ死んじゃうよ。

絵本の中でガマ王子は、ザリガニ魔人に死ぬほど傷めつけられるのだ。
パコは真剣な表情で読み続けた。

それでもガマ王子は、
何度も立ち上がります。
何度も何度も立ち上がります。
不思議な力がそうさせる。
ぼくの心の片隅に、
急に生まれたこの気持ち。
急に生まれたやさしい気持ち。
ごめんよみんな、
ごめんよみんな。
だけど強いよザリガニ魔人。
ぼくはそろそろ死んじゃうよ。

ごめんよ、病院のみんな。パコが読み上げるのを聞きながら、大貫はガマ王子と同じように謝った。このガマ王子は自分のことのように思えてしかたがない。周囲の人々の気持ちも知らず、心を踏みにじった自分そのものだ。

そして、ガマ王子にしても、自分にしても、自らの過ちに気づいて心を入れ替えたものの、抗えないものがすぐそばまで近づいてきている。

それは死だ。

木之元が霊安室の室外機の噂をしていた。プロペラが回るのは、誰かが死ぬ予兆だと。あれは、やはり自分の死が近づいていることを知らせているのではないだろうか。日に日に、心臓の痛みはひどくなってきている。彼らが口にしている噂が、本当のことに思えてしかたがなかった。

## 14

看護師のロッカールームでタマ子が着替えていると、なんだか廊下が騒がしくなった。タマ子は脱ぎかけたナース服をもう一度着て、廊下に出てみた。すると、看護師長の雅美がストレッチャーを押しながら駆けてくる。

「どいて、どいて」

雅美は必死の形相だ。

「急患ですか」

タマ子が手伝うために駆け寄ると、驚いたことにストレッチャーに乗せられているのは滝田だった。頭を切っているらしく、髪の毛も顔も血だらけだ。

「どうしたんだ、滝田」

ストレッチャーを押しながら尋ねる。滝田は虫の息で言った。

「落ちたんです」

「落ちた？」

「それよりも、室町君は？」

「室町だって？　室町がどうした」

もっと詳しく訊こうとしたが、雅美に叱り飛ばされた。

「ちょっと黙って！」

騒ぎを聞きつけた龍門寺と木之元が走ってきて、いっしょに搬送してくれる。

「タマ子さん……」

なぜか滝田がタマ子を呼んだ。

「どうした。なにか言いたいことがあるのか」

「タマ子さんは中庭にいる室町君を見てやってください」

滝田の言葉を聞いた雅美が、

「室町君を」

とタマ子に指示を出す。いったいなにがどうなっているのかわからないが、滝田のストレッチャーから離れ、反対側へと走った。

待合室まで戻ると、足を引きずって歩いている室町を見つけた。服はあちこち切れていて、切り傷や擦過傷《さつかしょう》を負っているが、致命的な怪我はしていないようだった。

「なにがあった？」

室町に駆け寄って尋ねる。しかし、室町はタマ子の顔を見るなり、子供のように泣き出した。

「おい、泣くな。それより、なにがあったんだって訊いてるんだよ」

室町はなにもかも拒むかのように首を振ると、その場に泣き崩れた。

「泣いてちゃわかんねえだろうが。おまえ、滝田がなんで怪我したのか知ってるんだろ？ガキじゃねえんだから、きちんと自分で話しやがれ」

顔を覗き込むと、室町は泣きじゃくりながら答えた。

「いっしょに落ちたんだよ」

「滝田といっしょに落ちたってのか」

「そう」

「どこから」

「四階から」

「なんだと。四階から？」

「俺の病室の窓からだよ」

「なんでいっしょに落ちることになるんだよ」

タマ子が室町の胸ぐらをつかむと、室町はキレ気味に答えた。

「知らねえよ！　滝田のやつが勝手に俺につかまってきたんだよ！」

その言葉でピンときた。きっと室町がいつものごとく自ら死のうとして、四階の窓から飛び降りようとしたのだろう。それが本気かデモンストレーションかはわからない。だけども、飛び降りようとする室町を見つけた滝田が、助けに入ったのだろう。そして、ふたりして落ちた。

「あんたが飛び降りようとしてるのを、滝田が止めたんだな？　それでいっしょに落ちたんだな？」

胸ぐらをぐいと引いて問い詰めると、わっと室町は泣き出した。図星のようだった。

「おまえまた、なんで飛び降りようなんて……」

腹立たしいような悔しいような心地を、必死に抑えてつぶやくと、室町はタマ子の顔を

窺いながら、

「だって全然できねえんだもん」

と子供のようにつぶやいた。

「できねえってなにがだよ」

「芝居だよ。大貫のじじいがやろうっていった芝居だよ」

室町は立ち上がると、長椅子の上に置かれていた台本を手に取った。台本を手にしたまま四階から落ちたらしく、台本は草の緑と土の茶色に汚れていた。

「俺さ、ちゃんと台本を読んでみようと思ったんだ。芝居やってみようって。けど駄目だったんだよ。だってさ、俺、かわいい少年の演技しかできねえんだもん。俺が演じるのは悪役のザリガニ魔人だっていうのに、かわいい少年の演技しかできねえから、全然怖くねえんだ。俺さ、もう俳優として駄目なんだよ。お遊戯会レベルの演技さえできねえクズなんだよ」

「室町……」

タマ子の心の中で、パチンとなにかが弾ける音が聞こえた。こいつはあんまりだと思った。見損なった。歯を食いしばっていたが、どうしても言葉がもれてしまった。

「くだらねえ」

「え？」

「あまりにもくだらねえよ、室町」

大きく振りかぶって、室町の横っ面を叩いた。

「痛えな。なにするんだよ」

「痛えとか言うな。おまえにそんなこと言う資格はねえ。いま滝田はな、ぶたれたおまえの何倍もの痛みに襲われてんだ」

タマ子の言葉に、室町は顔をしかめる。

「いいか、室町。あたしはいまから滝田の治療の手伝いに行くから、終わるまで自分の部屋で待ってろ。終わったら呼びに行くから、逃げ出さずにちゃんと待ってろよ」

「呼びに来るってなんだよ」

「いいから待ってろ。これは命令だからな」

室町の顔を指差し、命令は絶対だとアピールしてから、滝田が運ばれた治療室へと走った。

滝田の治療は浅野だけでなく、新館の医師もやってきて行われた。四階から落ちたのだから、下手をすれば命を失ってもおかしくなかったのだが、落ちる過程で中庭に生える多くの木々に当たり、さらに落ちた先は馬酔木《あせび》や沈丁花《じんちょうげ》などの常緑の低木が密集して植えられた場所だったために、怪我をするだけで助かったようだった。

だが、せっかく治りかけていた左足の骨折は再びヒビが広がり、ほかにも肩の亜脱臼や打撲など、以前よりもひどいことになってしまった。

タマ子は滝田が眠りに就くのを見届けてから、彼の病室を出た。滝田は少しでも早い退院を願っていたというのに、かわいそうったらありゃしない。正義感に駆られて、あとさき考えずに室町を助けたのだろうが、またもやドジを踏んでしまうとは。

治療を終えて、滝田が意識を取り戻したとき、

「ばかだな」

とタマ子が言ったら、滝田はうなずきながらも誇らしげな表情をしていた。もちろん、タマ子も本気で「ばかだな」なんて言ったわけじゃない。滝田の勇敢さを讃《たた》えて、わざと言ったのだ。そして、そうした意図はきちんと滝田に伝わったようだった。

「待たせたな」とタマ子は言って、室町の病室のドアを開けた。

中にはベッドに横たわる室町のほかに、龍門寺がいた。再び室町が飛び降りないように、監視役として病室に来てもらっていたのだ。

「滝田のやつ、無事だったよ」

「ほんまか」

龍門寺が喜んで立ち上がる。

「あいつ、退院の時期が遅れただけで、あとは大丈夫だから。いまはぐっすり寝てるよ」

「そらよかったで」

「あとはあたしがこいつの監視をするから、滝田のそばに行ってやりな」

そう告げると、龍門寺は喜び勇んで病室を出ていった。

病室で室町とふたりきりになる。室町は不審そうにタマ子を見ていたが、卑屈さを感じさせる口調で言った。

「あんたは俺に、呼びに行くから待ってろって言ったよな。だからちゃんと待っててやったよ。で、いったい俺になんの用だよ」

「ちょっと面を貸せよ」

「面を貸せ？　不良学生じゃあるまいし」

室町は鼻で笑ってうつむいた。つき合ってられないというふうに。

「ふざけんなよ」

タマ子が歯を食いしばりながら言うと、室町が驚いて顔を上げた。

「え？」

「てめえ、ふざけるなって言ってんだよ。あたしは冗談で面を貸せだなんて言ってるんじゃねえんだよ。いいからちょっと来い！」

室町の肘をつかんでベッドから立ち上がらせる。そのまま引きずって病室を出た。

「いったいなんなんだよ、いきなり。面を貸せってなんだよ」

抵抗する室町を引きずりつつ、タマ子は前を向いたまま言った。

「今日はひとつ、あるひとりの女の子の秘密を教えてやろうと思ってね」

「あるひとりの女の子の秘密？」

「そうさ」

タマ子はぐいぐいと室町の肘を引きながら続けた。

「あるところに、ばかな女の子がいたんだよ。その子は勉強もろくにできなくて、もの心ついたときには根性はひねくれてて、おかげで友だちなんてひとりもいなくてさ」

「いったい誰だよ、それ」と室町が尋ねてくるが、無視して続ける。

「その子に好きな男の子ができたんだよ。忘れもしない、小学校の五年生のときさ。けど、その男の子はテレビの向こう側の人気者で、絶対に手の届かない存在でさ。それでその子が病気で死んじまう子供の役をやってるのを見て、本気で感動しちまって、泣きに泣いた挙句に、自分は人を救う仕事に就きたいなんて決心して、本当に看護師になっちまってさ」

　そこまで言ったとき、さすがに室町も気づいたのだろう。好きな男の子というのが、自分だということを。

「あんた……」

「あたしはね、その男の子の出てる映画もテレビも全部観たよ。ファンレターも何百通も出した。そんでもって、その子が大きくなって人気がなくなって、みんなから忘れられても見守り続けていたんだ。ずっと忘れられなくてさ！」

　看護師の更衣室までたどり着く。ドアを開けて、勢いよく室町を押し込んだ。室町はよろよろと歩き、壁に背中からもたれかかる。続いて中に入り、室町に見せつけるために、自分のロッカーの扉を開け放した。

「これが秘密だよ」

　室町はロッカーの中を見つめて立ち尽くしていた。驚いて声も出ないようだった。

　しかしそれも当然といえば当然だ。ロッカーの中は、内壁をすべて埋め尽くすようにして、室町のポスターやブロマイドや雑誌の切り抜きが貼りつけてあるのだから。ロッカーの棚には室町の顔がプリントされたバッジやファイルなどのグッズが並べてある。このロッカーの中にあるものは、室町の子役時代のものだけではない。成長して売れなくなってからのものも全部ある。

「あるところに、ばかな女の子がいたんだよ」

もう一度タマ子は切り出した。

「その子はね、ろくに働きもしないのに酔っては暴力を振るうオヤジに育てられ、生活は貧乏で、頭は悪くて、学校じゃつまはじきにされて不良になって……。つまり、生きててもなんにもいいことのない子だったんだ。だけどさ、その好きになった男の子を見てるときだけは、すんごく幸せだったんだよ」

思い返すのもいやな幼い頃の記憶の中で、唯一輝いて思い出せるもの。それは、テレビに映る室町少年に胸をときめかす自分の姿だ。飲んだくれて眠っているオヤジを起こさないようにテレビのボリュームを絞り、画面に顔がくっつかんばかりに近づいて、室町少年を見つめていた。青白い顔をしたパジャマ姿の少年は、死を目前にしても必死に生きていた。尊いと思った。そして、命を救う人間になろうと心に決めた。自分はばかだから医者は無理だけど、それでも命を救う現場に立ちたかった。だから、看護師になろうと決めて、必死に勉強したのだ。

タマ子は室町に向き直った。

「あんたはね、どうしようもない生活を送っていたあの頃のあたしにとって、夢だったたんだ。希望だったんだ。あんたはあたしに美しいなにかをくれた人なんだよ。だから、命を投げ出すようなことは、もうしないでくれよ」

　室町は目をつぶって泣いていた。その涙は、いままで室町が流していた涙とは、まったく別のものに見えた。

「なあ、室町。もう一度やってくれよ、お芝居をさ」

「けど、俺はもうかわいい少年の演技しかできないんだよ。それ以外をやろうとすると、うまく演じられないんだよ」

「別にいいじゃねえかよ。下手くそでも、かわいい少年みたいな演技でも」

「だけど……」

　渋る室町を見つめ、タマ子はせつに訴えた。

「お願いだよ、室町。もう一度見せてくれよ。まだあたしの中には、あの子がいるんだよ」

「あの子?」

「そうだよ。楽しくもなんともないつらい日々を過ごしていた、幼い頃のあたしがまだこの胸の中にいるんだよ。その子に続きを見せてやってほしいんだ。あの少年がくれた美しいなにかが、本物だったってもう一度信じさせてあげたいんだ」

　タマ子の言葉に、室町は手の甲で涙をぐいと拭いた。決心を感じさせる強い口調で言う。

「やってみるよ」

「ありがとう」

「いや、俺のほうこそ、ありがとう」

室町はしゃんと背を張って立ち、更衣室を出ていった。タマ子は自分のロッカーの中を覗き込む。

たくさんの室町に見つめられながら、初めて彼がこの病院に担ぎ込まれてきたときのことを思い返した。幼い頃からずっと思い続けてきた室町が、自分の目の前に現れるなんて夢かと思った。でも、その夢はすぐに悲しい色合いを帯びた。まさか、恋焦がれていた室町が、何度も自ら死のうとするような人間になっていたなんて。

本物の室町があまりにも情けないやつだったために、このロッカーの中のものを何度も捨てようと思った。テレビに映る室町少年に胸をときめかしていた少女時代の思い出も、忘れ去ってしまおうと思ったこともある。

けれども、捨てなくてよかった。忘れなくてよかった。先ほどの室町は、とても穏やかな表情をしていた。弱い彼から、変わったんじゃないかと思った。

ロッカーの扉を閉める。扉の内側に備えてつけられている鏡に映った自分の顔は、柄にもなくやわらかに微笑んでいた。

# 15

夏の真っ盛りだが、クリスマスにふさわしい賛美歌を館内放送で流す。続いてアナウンスが流れた。

――本年度サマークリスマス、ただいまより入院棟待合室をメインステージとして、入院棟全棟を舞台に、『ガマ王子対ザリガニ魔人』を上演いたします。どうぞみなさまご集合ください。

アナウンスが終わると同時に、廊下を駆けてくる足音がした。パコだ。大貫は進行表から顔を上げて、パコに手を振った。パコは大貫のところまで走ってくると、メインステージである待合室をぐるりと見渡して、目をきらきらと輝かせた。

「ねえ、大貫。池があるね」

「ああ、そうだ。よくわかったね、パコ。これは池だよ」

待合室の真ん中には、青の模造紙で池を作った。パコはスキップをしながら池の周りを回った。

今日は舞台も衣装もすべて出演者による手作りだ。メダカ役のタマ子は紙で作ったメダカの頭を、ナースキャップのようにかぶっている。ミズスマシ役の龍門寺は黒タイツや黒のスイミングキャップをかぶって全身真っ黒だ。しかしながら、ミズスマシとは、こんなふうな虫だったろうか。タニシ役の浅野は茶色い布をターバンのように巻いてかぶり、アメンボ役の浩一はラクダ色のシャツや股引《ももひき》でこれまた一見してアメンボとはわかりにくい。だが、みんなよくやってくれている。大貫はパコと並んで周囲をぐるりと見渡し、みんなに感謝した。みんな入院中だったり、勤務があったりしたのに、パコのために寝るのも惜しんで芝居の稽古と準備をしてくれたのだ。

ただ、かわいそうなのは滝田だ。四階から落ちて再び怪我をしてしまった彼は、車椅子に乗り、待合室の隅っこでやや残念そうに微笑んでいる。だが、彼は観客ではなくて、頭に魚のかぶり物をして劇に参加してくれている。つらいだろうに、ありがたいことこのうえない。

パコは自分の大切な絵本をお芝居として上演してくれることを知って、朝から大はしゃぎだった。何度も何度も絵本を読んだあと、病院内を飛び回り、誰が絵本のどの役を演じるのかクイズをして楽しんでいる。

「あ、みんな池の周りに集まってきた」とパコはぐるりと見渡しながら言う。開演前の最後の準備を終えて、みんなメインステージである待合室に戻ってきたのだ。パコはひとりひとりの前に立ち、再びクイズを始めた。

「みんないるね。アメンボ家来さんに、ミズスマシ君に、お魚さんに、メダカちゃんに、タニシさんもいる。それから……あれ？」

パコは堀米の前まで行って首をかしげた。

「この変な虫さん、なあに」

メインステージにいる全員が、どっと笑った。しかし笑いが起こるのも無理はない。堀米はどこで作ってきたのか知らないが、ものすごくリアルに作り込まれた虫のかぶり物をかぶっている。きっとウレタン樹脂で作ってあるのだろうが、あまりにも精巧で気持ちが悪い。

「これは、ヤゴですよ」

堀米は悔しそうに答える。

「ヤゴ？　そんなの出ましたっけ」

浩一が台本をめくる。すかさず龍門寺が言った。

「出えへん、出えへん。なあ、堀米のおっさん。ひとりだけ浮いてんで！」

出演者全員から、「ヤゴなんかいるか」と声があがる。だが、大貫は苦笑して見逃してやった。今日はせっかくのサマークリスマスなのだ。

上演開始の午後三時になった。みんなそれぞれの立ち位置に散っていく。しょっぱなに出番がある大貫は、舞台袖となる中庭の渡り廊下で待機した。

進行役も兼任するタマ子が、マイクを握って長椅子の上に立つ。慣れない進行役に緊張しているのか、やや硬い面持ちで芝居の演題を告げた。

「では、ただいまよりサマークリスマス恒例のお芝居を上演いたします。本日のお芝居の題名は『ガマ王子対ザリガニ魔人』でございます。それでは、始まり始まり」

メインステージにひとつだけ用意した椅子に、パコが座っている。パコはタマ子の上演開始の言葉に、拍手をして喜んだ。

さあて、始まった。大貫は台本を置くと、メインステージに飛び出した。

「ゲロゲーロ、ゲロゲーロ！」

「あ、大貫！　じゃなかったガマ王子だ！」

パコがぱっと目を輝かす。

滝田が怪我をしたために、ガマ王子の役は急遽《きゅうきょ》大貫が演じることになった。本当ならいま滝田が演じている魚の役を演じつつ、舞台監督をする予定だったのだが、台本を書いた大貫がガマ王子のセリフをいちばん覚えているということで、代役を引き受けざるを得なかったのだ。

今日の大貫は、木之元が作ってくれたカエルのかぶり物をかぶっている。木之元は意外にも裁縫が得意で、人形の要領で布に綿を詰めて、大貫の顔が出るような頬っかぶり式のカエルの頭を作ってくれた。カエルの頭には、金色の王冠が載っている。王子のしるしである王冠を、木之元はきちんと縫いつけてくれたのだった。


　王子のおやつを持ってこい！

　王子はおなかが減ったぞよ！

　王子はご機嫌斜めぞよ！


大貫はガマ王子になりきって、カエルっぽくジャンプしてみせたり、池で泳いでみせたりする。パコは手を叩いて喜んだ。この子のこんな笑顔が見たかった。七歳の普通の子が浮かべる無邪気な笑顔を、プレゼントしたかったのだ。大貫は心底うれしかった。

自分の出番が終わり、舞台袖にはけると、浅野が心配そうに訊いてくる。

「大貫さん。そんなに張りきって大丈夫ですか。心臓に負担がかかりますから、あまり無理はしないでくださいよ」

「大丈夫だ。というよりも、私はあの子の無邪気な笑顔を見られたから、別にこのあと天国なり地獄なりに行ってもかまわんからな」

「やめてくださいよ。そんな縁起でもない」

浅野が舞台袖だというのに、やや大きな声を出す。だが、大貫は笑って聞き流した。

「先生こそ、やめてくれないかな。そんなタニシの格好で忠告されても、なんだか冗談みたいで聞いてられんよ」

「大貫さん……」

「ま、そう心配するな。体調は万全だ。心臓も正常に脈打っているわい」

そう言ったところで、再びガマ王子の出番となった。浅野の肩を叩いてから、メインステージへと向かった。

今度はガマ王子がミズスマシやアメンボの家をめちゃくちゃに壊す場面だ。大貫は大袈裟《おおげさ》とわかりつつ、パコを喜ばすために、ハリボテで作った家を次々と壊していった。

「やめろー、ガマ王子!」とパコが満面の笑みで叫ぶ。劇に夢中になってくれているようだった。

16

キャスト全員がメインステージから食堂の第二ステージへ移ったあと、タマ子は長椅子から降りた。椅子に腰かけてナース靴を履いていると、まだ芝居は途中だというのに、とぼとぼと浅野が戻ってきた。

「いいんですか、先生。戻ってきちゃって」

タマ子が尋ねると、浅野は笑顔で「さぼり、さぼり」と言う。

浅野は腕の確かな医師でありながら、天狗《てんぐ》になることもなく、看護師にもやさしい。悪いとは思いつつも、ふたりきりになるとついつい口調がぞんざいになってしまう。

「ま、先生のタニシなんてどうせたいした役じゃないしね」

浅野が着るタニシの衣装を指差すと、笑いながら返してくる。

「そうだね。このあとどうせザリガニ魔人にやられるだけだし」

「それはあたしもいっしょだけどね」

頭のメダカを指差すと、浅野が苦笑する。お互い大変だねえ、といったふうだ。

「それにしても、大貫さん張りきってるよなあ。いくらパコちゃんのためにとはいえさ」

浅野が感心顔で言う。しかし、その表情に、さっと陰りが差す。なにか心配ごとがあるかのように。タマ子にも思い当たる節があった。それは、大貫の体のことだ。

最近、大貫の心臓の具合が、悪化しているように見える。浅野は大貫の容態についてほとんど口にしないが、それは大貫の心臓が悪いゆえのことのように思えた。

探りを入れるようにして、浅野に尋ねてみた。

「やっぱりこれは、いっしょに過ごす最後のクリスマスになるのかな。冬のクリスマスまでは、もたないでしょ？」

不意打ちを食らったかのように、浅野はのけぞる。

「あ、タマ子ちゃん、気づいてた？」

「薄々だけどね」

やはり、大貫は長くはないらしい。

「もしかして、自転車置き場の室外機が回ると、亡くなる人が出るって噂からかな？」

「そんなんあたしが信じると思う？」

まさかといったふうに浅野は肩をすくめた。

「本当にもう治らないの？」

タマ子はそれまで浮かべていた笑みをすべて消して尋ねた。この質問だけは、真剣に訊かなくちゃならないと思ったからだ。浅野は無言で何度かうなずいてから、あきらめを感じさせる声で言った。

「いまの医学じゃ、もうどうしようもないんだよ」

「なあ、先生。どのくらいなんだよ。あとどのくらい生きられるんだよ。どのくらい生きられるかくらい、医学で予想つくんじゃねえのか？」

悲しみといらだちが、ごっちゃになって胸に押し寄せる。浅野は静かに答えた。

「その予想をとっくに過ぎてるんだよね」

心が凍った。ということは、とっくに死んでいてもおかしくない容態なのか。あんなにもパコのために頑張ってお芝居をやっているというのに。やっと心を入れ替えて、クソじじいが、いいじじいになったっていうのに。

悲しみで途方に暮れかけたとき、龍門寺がメインステージの待合室に走って戻ってきた。後ろからは、滝田の車椅子を押して浩一が来る。

「いまどのあたりまで進んだの」

浅野が、いままでの会話などなかったかのように、明るく尋ねる。さすが医師といったところだろうか。

「いまはな、メダカが育ててた花を食われて、んでガマ王子の腹が花で光ってるところや」

「え、メダカ？」

タマ子は我に返った。

「やばい、あたし出番じゃん！　なんで教えてくれないんだよ！」

そばにいた浩一を蹴り飛ばす。

「え、なんでぼくが？」

「うるせえ！」

八つ当たりだとわかっていたが、無性に悲しくて、なにかに当たらざるを得なかったのだ。

「で、大丈夫だったの？　ちゃんと劇はつながってるの？」と浅野が心配そうに訊く。龍門寺があとからやってくるだろうパコたちの様子を窺いながら教えてくれた。

「大丈夫や。ヤゴが代わりにメダカ役をやってたから」

「ヤゴって堀米さんが？」

浅野が顔をしかめる。

「そうや」

タマ子と浅野は顔を見合わせて、苦笑いした。堀米が演じたメダカなど、どうせろくなもんじゃなかっただろう。

「けど、パコちゃん喜んでましたよ、堀米さんのメダカ」と浩一。

「それなら、まあいいけど……」

再びタマ子と浅野は顔を見合わせた。

「それよりみなさん、ぼく悩んでいることがあるんです」

浩一が右手を真っ直ぐに挙げて言う。

「夫婦の悩みか？　それならいま言うな」

龍門寺が一蹴するが、浩一はかぶりを振った。

「ちがいますよ。ラストの雨の件ですよ」

「ラストの雨？」

「そうです。このお芝居、最後に雨が降ってくることになってるじゃないですか。だけど、あまりいい案が浮かばなくて」

浩一がそこまで言ったとき、パコを連れた木之元が、走って逃げてきた。

「来るよ、すごいのが来るわよ！」

木之元の顔が青ざめている。迫真の演技じゃないか。タマ子は腕組みをして、にやにやしながらその様子を眺めた。しかし、木之元の言う「すごいの」がなんなのかわかって、慌てて待合室の隅まで逃げた。

「ブゲゲゲ！」

廊下の奥から、凶悪そうな叫び声をあげつつ、沼エビの魔女役の雅美が走ってきた。雅美は紙で作った長い触角をすべての指にはめ、毒々しいメイクをしていて、まさに魔女といったふうだった。

「こらあ、待てえ」と雅美はパコを追いかける。パコはきゃあきゃあ悲鳴をあげながら、逃げ回った。でもその顔はこれ以上ないといった笑顔だ。

アメンボ役の浩一が、パコを助けるように立ちふさがる。しかし雅美は「邪魔するな」とひと咆えすると、浩一の腕に嚙みついた。

「ぎゃあ、痛いよ、雅美ちゃん。マジで嚙むの禁止だよ」

雅美は演技を通り越して、本当に嚙みついているようだった。

タマ子はカンニングして悪いと思ったが、台本を広げて確認する。次はいよいよ室町の出番だった。

「フォー、フォッフォッフォッフォッフォ」

奇怪な笑い声がメインステージに響き渡る。

「だ、誰や」

ミズスマシの龍門寺が身構える。

いよいよ登場だ。タマ子は誰にも気づかれないように、口の端だけでそっと笑った。いよいよ室町がザリガニ魔人として登場する。芝居することをおそれていたあいつが、やっと立ち直って参加してくれたのだ。

悪の親玉であるザリガニ魔人の登場ということで、暗くて重々しい音楽がスピーカーから流れてくる。その音楽の中、室町が廊下をゆったりと歩いてくる。

室町が芝居に参加してくれるのはとてもうれしい。ただ、ひとつ心配があった。ここにいるみんなは、室町が演じるザリガニ魔人をどう思うだろう。彼がどんなふうにザリガニ魔人を演じるのか、どんな衣装を着て登場するのか、みんなは知らない。室町が久々の演技で神経質になっていたため、彼の出番がくるまでみんなから隔離しておいたのだ。

メインステージに入ってきた室町を見て、最初に驚きの声をあげたのはパコだった。

「あれってザリガニ魔人？」

ほかの連中はあ然としてしまって声も出ないようだった。やっぱりちょっとまずかったか。タマ子は後頭部をぽりぽりと掻いた。

室町が演じるザリガニ魔人は、絵本の挿絵のイメージとはほど遠かった。右手に段ボールで作った大きな赤いハサミを持ち、左手にはなんとペロペロキャンディーを握っている。羽織っている赤いマントの内側には、幼い子供が好きそうなヨーヨーや、けん玉や、ブロックや、クマのぬいぐるみや、ビーズや、縄跳びなどが縫いつけてある。絵本の凶悪なザリガニ魔人とは似ても似つかない。

奇妙なザリガニ魔人はパコの前まで行くと、両手を広げて高らかに言った。

　そうでちゅ！
　ぼくの名前はザリガニ魔人でちゅ！
　きさまらのような下品でかわいくない生き物は、
　ぼくのお池には入れてあげられまちぇん！

　さすがにタマ子も冷や汗が出た。室町に、下手くそな演技でも、かわいい子役時代の演技でもいいと言ったのはたしかだ。しかし、まさか本当にそのままだとは。

　いい歳をした大人が、かわいい少年の演技を本気でやると、鬼気迫るものがあってすごく怖い。頭のネジがゆるんでしまった人間と、いきなり出くわしてしまったような怖さがある。

　隣の浅野があとずさりしながらつぶやく。

「こ、怖い。さっきの沼エビの魔女とはまたちがった意味で怖い」

　龍門寺までが怖がって、「これって気色悪いんだか、かわいいんだか」と顔をしかめた。

　パコはきょろきょろと左右を見回したあと、タマ子のもとへ走ってきた。よほど怖かったのか、後ろに隠れてしがみついてくる。

「大丈夫だよ」

タマ子は小声で言って、パコを長椅子の背もたれの裏へ隠れさせてやった。

室町はキャンディーをべろんと舐めると、にんまりと笑う。

フォー、フォッフォッフォッフォッフォ！
きさまらみたいなクズどもは、
一匹残らずぼくちゃんのおやつになるんでちゅ！

そうセリフを言うやいなや、室町は龍門寺たちの周りを駆け出した。全員を取り囲むように走ると、

「死ねでちゅ！」

と叫んで襲いかかった。右手のハサミで龍門寺や木之元たちをひとりひとり叩いていく。叩かれた者は、次々と床に倒れた。

全員が襲われて倒れたあとで、タマ子は進行役に戻り、マイクのスイッチを入れて、長椅子の上に立った。パコに向かって語りかける。

こうしてお池の仲間は、
みーんなザリガニ魔人によって、
食べられてしまいました。

「みんな？　みんな食べられちゃったの？」

パコが訊いてくる。

「そう、みーんな」

答えたのはタマ子ではなくて、室町だ。室町はメダカ役のタマ子にも襲いかかった。右手のハサミで殴るアクションをする瞬間、室町の目が一瞬やさしくなる。その目はタマ子に感謝を伝えてきていた。こうして再び芝居に参加できたことを感謝していた。

わかってるよ。タマ子も目だけでそう答える。おまえが感謝していることは、伝わってきたよ。

ハサミで襲われ、タマ子もほかの連中と同じように床に倒れた。死んだ演技をするために目をつぶる。瞼の裏に、幼い頃の自分が映っていた。テレビの前で膝をかかえて、ブラウン管の中の室町少年に見つめる少女が。

その子は笑っていた。大人になった室町が再び演技をしているのを知って、笑っているのだと思った。

「おなかいっぱいでちゅ！　フォー、フォッフォッフォッフォ！」

「ブゲゲゲー！」

ザリガニ魔人の室町と、沼エビの魔女である雅美が、満足そうに雄叫びをあげつつ、メインステージを悠々と引き上げていった。

## 17

劇は進み、最後の幕を残すのみとなった。ガマ王子がなんとか沼エビの魔女を倒したあとの、ザリガニ魔人との一騎打ちの場面だ。

大貫がメインステージからはけて、舞台袖で次の出番を待っていると、出番を終えた雅美が話しかけてきた。

「ねえ、おじさま」

「どうした。さっきのシーンで怪我でもしたか」

「ちがいます。ただ……」

雅美は指にはめていた触覚を外しつつ、言いにくそうにうつむいた。

「ただ、なんだ？」

「なんだか、おじさまが前とは別人になってしまったように思えて」

「別人？」

「だって前のおじさまだったら、あんなに一所懸命に芝居をやることなんてあり得ないでしょう？　だから別人みたいだなって」

芝居に夢中になっていて我を顧みる余裕などなかったが、傍から見ればそのように見えていたのか。

「ま、別人になるのも悪くはないな」

笑いながら答えると、やはり出番を終えて休んでいた龍門寺が、にやにやと笑いながら言う。

「ほんと別人や。おっさん、楽しそうやったで。子供といっしょの顔やった」

「子供か」

大貫もいっしょに笑った。本当に楽しかったのだ。

「別人といえば、室町も別人やな」

龍門寺がメインステージを見やりながらつぶやく。ステージでは室町が芝居を続けている。る。たしかに、龍門寺の言う通り、ステージで演技をする室町は、以前とは別人だ。あいつにいったいなにがあったかわからない。だが、よい方向へ向かうきっかけとなったなにかがあったことは想像できる。

「あいつにゴミだなんて言ったこと、きちんと謝らなくちゃならんな」

大貫が素直にもらすと、それが意外な言葉だったらしい。雅美と龍門寺がそろって「え？」とこちらを向いた。

「出番だから、もう行くぞ」

自分が言った言葉がこそばゆい感じがして、大貫は逃げるようにしてメインステージへと飛び出した。

「ゲロゲーロ、ゲロゲーロ！」

舞台袖から躍り出て、池の中に立つ。ザリガニ魔人と対峙《たいじ》する。

「フォー、フォッフォッフォッフォ！　ちょこざいな、ガマ王子！」

室町は右手のハサミで、大貫の体を何度も攻撃した。ガマ王子は劣勢だ。

「行けガマ王子！　負けるなガマ王子！」

パコが必死に応援してくれる。だが残念ながら、ガマ王子はザリガニ魔人のハサミでずたずたにされて傷だらけだ。立っていることもままならない。

「死ね！　ガマ王子！」

ザリガニ魔人は大きくそのハサミを振りかぶった。そしてハサミがガマ王子に振り下ろされる。ガマ王子はその一撃でとうとう地面に倒れた。
大貫はうつぶせのままセリフを言った。

ごめんよ、みんな、
ごめんよ、みんな。
ばかでまぬけなぼくだけど、
なにかみんなにしてあげたくて。
だけど強いよザリガニ魔人。
ぼくはそろそろ死んじゃうよ。
だけど何度も立ち上がる。
不思議な力がそうさせる。
ぼくの心の片隅に、
急に生まれたこの気持ち。
ごめんよ、みんな、
ごめんよ、みんな。

セリフを言いながら、不思議と涙が込み上げてきた。このガマ王子の言葉は、いまの大貫の心境や境遇とぴったりと重なっているためだ。

大貫も心の中でつぶやいた。ごめんよ、病院にいるみんな。ごめんよ、いままで冷たく接してきてしまった人たち。自分はやっとやさしさを知った。もっと早くやさしさを知っていればよかった。そうしたら、みんなの心を傷つけることなどなかったのに。それに、こんなふうにも考えた。もっと早くやさしい人間になっていたら、みんなともっともっと親しくなれたのに。

次のセリフを言うために、体を起こす。そのとたん、心臓に痛みが走った。これまでにないひどい痛みだ。一度脈打つたびに、心臓が破裂しそうになる。木之元たちが噂していた自転車置き場の室外機の話が、頭をよぎった。

とうとうお迎えが来たらしい。大貫は胸を押さえながら覚悟する。

「ど、どうした？　ガマ王子」

異変を感じた室町が、うろたえた声を出す。それじゃいかん。大貫は首を振った。凶悪なザリガニ魔人が、ガマ王子を心配するようなそぶりを見せたら、いままでの劇が台無しになってしまう。

劇を続けなくては。

歯を食いしばって立ち上がった。そこへ、異常事態だと気づいた浅野が駆け寄ってきた。

「大丈夫ですか、大貫さん。タマ子君、いますぐ治療室へ運ぶぞ」

浅野は長椅子の上で進行役を務めていたタマ子を呼び寄せる。

「待ってくれ、先生。この芝居を最後までやらせてほしいんだ」

「なに言ってるんですか。いま自分がどういう状態なのか、わかってるんですか」

「わかっておる。ただの発作だ」

「いや、しかし」

険しい表情をする浅野の向こうに、泣きじゃくる木之元が見えた。涙で咳《せ》き込みながら、

「室外機の噂は本当だったのよ」

なんて言っている。舞台袖から、雅美や龍門寺も出てきていたが、みんな木之元と同じように涙目だった。

しかし、このまま死ぬわけにはいかない。痛みをこらえつつ、浅野に微笑みかける。

「先生。最後までやらせてくれないか。パコのために」

「いくらパコちゃんのためとはいっても……」

「いいじゃないか、先生。どうせガマ王子も死ぬシーンだし」

そう言うと、浅野は複雑な表情となった。

パコがそばにやってくる。

「ねえ、大貫。どうしたの？　体の調子が悪いの？」

「大丈夫だ。心配しなくていいよ。パコはあっちの椅子に座って、お芝居の続きを観なさい。もうすぐこのお話も終わるから」

パコの背中をそっと押す。パコは何度も大貫を振り返りつつ、椅子に戻った。

「おい、続けるぞ」

室町に小声で言う。そのひと言で、それまで狼狽《ろうばい》していた室町の顔つきが一変した。きりっと締まった顔になる。こいつは、本当はいい役者なんだと思った。

「行くぞ、ザリガニ魔人」

大貫は床に落ちていた剣を拾い、室町に切りかかった。剣によるそのひと太刀が、ザリガニ魔人を見事に退治する。

「うわあ、なんと小癪《こしゃく》なガマ王子。おまえにまだこんな力が残っていたとは！」

ザリガニ魔人は天を仰いで絶叫すると、がくっと仰向けに倒れた。これで勝負ありだ。

大貫は目の端で浩一を探した。台本では、ここで雨が降ってきてエンディングを迎えることになっている。雨がたくさん降る中、傷ついたガマ王子も死んでいくのだ。そして、浩一がその雨を用意することになっていた。

浩一が舞台袖から出てきた。いったいどんなふうに雨を降らせるのかと思ったが、なんと浩一は如雨露《じょうろ》を手にしてやってきた。

「なんやそれは」

龍門寺が拍子抜けといったふうに訊く。申し訳なさそうに浩一は言った。

「これがラストシーンで降る雨なんですけど……」

「それが雨？」

木之元が冗談じゃないとばかりに言う。浅野も珍しく辛らつだった。

「これはしょぼいなあ」

浩一はむっとした顔をした。

「だからぼくはさっき途中で相談しようとしたんです。なのに、みんなちゃんと聞いてくれなくて」

「浩一！」と大貫は見かねて浩一の言葉を遮った。ここで揉めてはエンディングがぐずぐずになってしまう。

「おじさん、ごめんよ」

浩一がやや泣き顔になって言う。だが、咎めるつもりなどない。今日はみんなパコのために、よくやってくれた。笑顔で浩一に言ってやる。

「おまえってやつは、まったく情けないやつだ」

許されたとわかったらしく、浩一は「えへへ」と笑って頭を掻いた。

心臓を押さえつつ、呼吸を整える。しかしまったく痛みが引かない。立っているのがつらくなって、とうとう腰砕けの状態で仰向けに倒れた。

「大丈夫か、じじい」

タマ子が傍らにしゃがみ込んだ。

「私は大丈夫だ。それよりも、あんた絵本の最後のところを、読んでくれないか」

この芝居は絵本の本文の最後を読むことで、すべて終わる。大貫はすぐそばの長椅子に置かれていた絵本を手に取り、タマ子に渡した。

「けど……」

タマ子は絵本を受け取りはしたが、なぜか読むのを渋る。大貫の様子を窺うばかりで、いっこうに読もうとしない。

「どうした？　読んでくれんのか」

「だってよ、いまは読んでる場合じゃねえだろ」

じれたふうにタマ子が言う。

「私のことならもういいんだ。それより、今日いまここで最後まで読んで、芝居を終わらせないと駄目なんだよ。パコは明日じゃ駄目なんだよ。わかるだろ？」

パコは明日には今日のお芝居をすべて忘れてしまう。だから今日途中でやめて、明日続きをすることなんてできないのだ。そして、明日自分がこの世にいる可能性は、限りなく低い。

この『ガマ王子対ザリガニ魔人』の上演は、今日一日限りしかできない。今日しかパコに見せてやれない。今日これっきりしか。

タマ子はうなずいてから立ち上がると、絵本を広げた。本文の最後を読もうとする。しかし、涙が溢れてきて読めないようだった。きっとタマ子は、いまが別れのときだと気づいているのだ。

「私のことは考えず、頑張って読みなさい」

大貫はやさしく語りかけた。だがタマ子は泣いてばかりで、とてもじゃないが読めそうにない。すると、それまでザリガニ魔人として倒れていた室町が、むくりと起き上がった。

「俺が読むよ」

室町はタマ子から絵本を受け取ると、ページを開いた。やわらかくて穏やかな声でその最後を読んだ。

ガマ王子の死んだあと、
雨がいっぱい降りました。
お空のみんなが泣いているのか、
雨がいっぱい降りました。

龍門寺も木之元も浩一も雅美も、みんなすすり泣き始めた。なんだ、みんな今日が私とのお別れの日だと、わかっていたということか。大貫は静かな心地でそんなことを考えた。

パコがそばにやってくる。その瞳には大きな涙が浮かんでいた。幼いこの子でも、死の別れは理解できるようだ。

だがしかし、きっと明日には私のことなど忘れてしまうんだろうなあ。私が死んでしまえば、二度と思い出すことはないんだろうなあ。大貫はなんだか泣けてきた。

心臓の痛みが増すとともに、自分の意識がだんだん薄れていくのを感じる。絵本を読む室町の声が遠くなる。

ガマ王子の死んだあと、

雨がいっぱい降りました。
カエルがとっても大好きな、
雨がいっぱい降りました。

不意に傍らのパコが、立ち上がった。

「ねえ、大貫。これなんの音?」

懸命に耳をすます。中庭で、ざあざあと音がする。もしかして、と思い至ったとき、先にパコが答えた。

「雨だ!」

雨はかなりの量が降っているようだった。

「すごい強い雨だよ」

パコがはしゃいだ声をあげる。しかし、浅野がつぶやいた。

「いや、これは雨じゃないぞ」

その言葉にパコが中庭に面する窓に走った。パコは木枠の観音開き式の窓を、大きく開け放つ。

「庭に誰かいるよ」

そのパコの言葉で窓際に駆け寄った龍門寺が、驚きの声をあげた。

「滝田や！　滝田が消防車の消火ホースで、この雨を降らせてんのや！　車椅子に座ったまま放水しとるで！」

木之元や浩一も窓へ走り寄った。大貫のそばに立つタマ子が、にやりと笑って言う。

「滝田のやつ、しゃれたまねしやがって」

きっと滝田は、浩一がラストの雨を用意できていないことに気づいて、急いでかつて働いていた消防署と連絡を取り、雨を降らしに消防車でやってきたのだろう。

龍門寺が窓から身を乗り出して、

「いいぞ、消防士！」

と叫ぶ。パコもまねして窓から叫んだ。

「降れ！　もっともっと降れ！」

大貫は浅野とタマ子に体を支えられながら、上半身を起こして窓の外を見た。空は晴れていて真っ青だ。その澄んだ青い空を背景に、雨が降りしきっている。それはとても不思議な光景で、この世のものとは思えない美しさがあった。

室町と目が合う。大貫は続きを読むようにと、うなずいてうながした。

ガマ王子が死んだあと、
お池に生えた水草から、
かわいいかわいい黄色いお花が、
今年もそっと咲きました。

タマ子が大貫のそばに金魚鉢を置いてくれた。そのなかには黄色い花を咲かせた水草が、ゆらゆらと漂っていた。かわいらしい花だ。絵本のエンディングに合わせて、タマ子が用意してくれていたらしい。

大貫は小さくうなずくだけで、タマ子に感謝を伝えた。口を開けて声を出せば、心臓の痛みからくる呻き声がもれてしまうからだ。

大きな大きなお池に咲いた、
小さな小さな黄色いお花。
大きな大きなお池で起こった、
小さな小さなカエルのお話。

　室町がすべて読み終えて絵本を閉じる。これでいいと思った。パコのためにすべてを捧げた。だから、これでいい。

　もうこれ以上心臓の痛みに耐えられそうにない。意識が途切れ途切れになる。このまま目を閉じれば、永遠の別れとなるのだろう。

　パコは窓から外を眺めていた。その肩越しに虹が見える。どうやらパコは虹に見とれているようだった。

　最後にもう一度だけ、パコの頰に触れたい。そう思って、パコの後ろ姿に手を伸ばす。しかし、腕はうまく伸びない。力が抜けていく。頭の中に白い靄《もや》が満ちていく。

「パコ……」

　きちんと呼びかけたつもりだったが、言葉は声にならなかった。

　さようなら、パコ。元気でな、パコ。私はあの子の心に、なにか少しでも残すことができただろうか。記憶障害という悲しみを背負ったあの子の人生に、なにか明るいものを与えることができただろうか。

　パコ――。

　さようなら。

# エピローグ

屋敷の外では再びしとしとと雨が降り始めていた。ぼくは堀米老人の話が終わってから、しばらく動けなかった。大貫さんがあまりにもかわいそうだったからだ。せっかく心を入れ替えたのに、死んでしまうなんて。

しかし、聞いてよかった話でもあった。死ぬのは悲しいことだけれど、大貫さんはパコちゃんのために生きて、魂の美しさを取り戻すことができたのだ。大貫さんの魂は、パコちゃんと出会うことによって浄化されたのだ。

「なんか、お話を聞けてよかったです。最後まで」

ぼくがそう言うと、堀米老人は口をあんぐりと開けた。

「最後まで？」

「え、あれ？　この大貫さんは亡くなったんですよね。だったら最後じゃないですか」

「亡くなった？　とんでもない。実は発作だったんですよ。ただの発作。この人が自分で言った通りにね」

　堀米老人は遺影を指差した。

「発作……」

「ただね、いままでにないくらいひどい発作だったり、室外機の噂があったりで、本人も本当に死ぬんだと思い込んだらしくてねえ。芝居をやってる最中だったから、やけに自己陶酔的になっちゃってたところもあるみたいで」

「その話、マジですか」

「マジですよ。いやあ、でもあのときはびっくりしましたね。みんな騙されましたよ。特に看護師のタマ子なんて大泣きしちゃいましてね。やっぱり先生の言う通り、長くはなかったんだなんて言いながらね。で、めちゃくちゃ叱られてましたよ」

「叱られた？　浅野先生にですか」

「そうです。大貫さんが長くないなんて、いつ私が言いましたか、なんてね」

「え……」

　頭がこんがらがる。タマ子さんと浅野先生は、いまの医学ではもう治らないといった話をしていたはずだ。そして、タマ子さんはそれを大貫さんのことだと思っていた。だが、それがタマ子さんの勘違いだったとするなら、浅野先生は誰を念頭に置いて会話をしていたのだろう。

ああでもない、こうでもないと考えていると、堀米老人が首をひねりつつ訊いてくる。

「あ、大貫さんが死んだって話のほうがよかったですか」

「いやいや、そういうことじゃないです。ただ、そうかなって思ってぼくも聞いてましたし、それになんだかそっちのほうが感動的な話に思えるし」

「ふむ……」

堀米老人は髭をさすってから言った。

「じゃあ、死にました。大貫さんは死にましたとさ。終わり」

「じゃあってなんですか。嘘はやめてくださいよ。話を勝手に作んないでください。真実はどうだったんですか」

尋ねると、堀米老人は顔をしかめた。

「けど、真実があなたのお気に召すかどうか……」

「お気に召さなくても真実は真実でしょう？　そもそも、真実にお気に召すも召さないもないじゃないですか」

「ほう」

堀米老人はまるでフクロウみたいな返事をしてから、二、三度うなずく。

「ちゃんと最後まで聞かせてください」

ぼくが頼み込むと、堀米老人は窓の外を見た。雨を見つめたまま静かに言う。

「わかりました。真実をお話しいたしましょう。真実の最後を」

語り出そうとする堀米老人の表情は、なぜか憂いを帯びていた。

## 18

大貫は走って階段を駆け上がった。自分の心臓なんかどうなってもいい。そう思いながら走った。階段の踊り場の窓は、横殴りの雨でがたがたと揺れていた。

廊下を走り、突き当たりのパコの病室へと飛び込む。中はすでに劇に参加した全員が勢ぞろいしていた。

「いったいどうしたというんだ」

大貫は人垣を分けて部屋の中へと進む。なぜかパコのベッドには、透明のビニールで作られた無菌ケースがかぶせてあった。パコを無菌状態に保つためのものだ。

ベッドの枕元に駆け寄り、ビニール越しにパコを見た。パコは仰向けで眠っていた。

「おい、先生。なにがあったんだ」

浅野に尋ねる。だが、浅野は眠るパコをじっと見つめたままなにも言わない。代わりに、木之元が泣きながら答えた。

「お別れよ」

「お別れ？　誰が誰と別れるというんだ」

「パコちゃんよ」

頭が真っ白になる。

お別れ？　お別れだと？　パコが死ぬというのか？　そんな話は聞いていない。昨夜、あの子が眠ったあと少しばかり熱を出したと聞いたが、それで人が死ぬわけがないじゃないか。

「ばか言うな。パコはあんなにも穏やかに眠ってるだろ」

大貫はケースを開けようとビニールに手をかけた。

「大貫さん！」

浅野に止められる。

「お願いです、大貫さん。あの子を静かに逝かせてあげてください」

目も合わせようとせずに浅野が言う。

「おいおい、冗談はやめてくれよ。パコが死ぬだって？　毎日あんなに元気だったじゃないか。たくさん笑ってたじゃないか」

大貫の言葉に、浅野は静かに首を振る。冗談などではないというふうに。

しかし、大貫は目の前で起きていることを、事実として受け入れられなかった。病室にいる全員を見回しながら、明るく言う。

「あ、もしかして、みんなグルになって私を騙そうというんだな。まったく人が悪い。私もすっかり騙されたよ。けどな、お芝居はもうおしまいにしていいぞ。みんなこの前の劇ですっかり役者になっちまって。いやあ、いい演技だったよ。あははは」

大貫は胸をそらして、精一杯笑った。だが、誰ひとりとしていっしょに笑ってくれない。芝居だったなんて言ってくれない。滝田も、龍門寺も、木之元も、雅美も、浩一も、室町も、タマ子も、沈痛な面持ちのまま黙り込んでいる。

つまり、本当だということか。パコは本当にいま最期のときを迎えようとしているのか。

大貫は顔から笑みを消した。胸の底から、悲しみがせり上がってくる。

「見送ってやってください」

浅野が静かに言う。ふと大貫の頭に、木之元が時おり口にしていた室外機の噂話がよぎった。あれはパコが死ぬことを予兆していたというのか。

ビニールに顔をくっつけてパコを見つめる。

「いったいどうして。なにがあった？」

パコから目を離さずに訊くと、浅野が答える。

「パコちゃんは脳の側頭葉という部分を損傷したために、記憶障害になったんです。けど、損傷したのはそこだけじゃなかったんですよ。ほかにもダメージを受けたところがたくさんあって、それが次第に悪化して……。現代の医学ではもうどうしようもなかったんです」

「そんな……」

「だけどね、大貫さん。あの子はあなたとあの絵本を読むようになってから、普通の子供のように元気になったんですよ。本来ならこの子は、あなたと出会うことすらできないはずの子だったんです」

パコがそんなにも悪かったなんて。大貫は涙に暮れた。歯を食いしばっても、涙が次から次へとこぼれてくる。あんなにも無邪気に笑っていたパコが、実はいつ逝ってもおかしくない子だったなんて。毎日両親が迎えに来ることを願っていたのに、まったく報われないまま死んでいくなんて。

「なあ、先生。この子の頬に触らせてくれないか」

大貫の申し出に、浅野は首を振った。

「頼むよ。ほっぺに触ってあげないと、この子は私が誰だかわからないんだ。今日はまだ触ってないだろ？　だからパコはいまここにいる私が、誰かもわからないまま逝くことになる。それだけは、耐えられん」

「ですが……」

「なあ、先生。ほっぺに触るだけでいいんだよ。私はただ、この子の心にいたいんだよ！」

騒がしかったせいだろうか。眠っていたパコが、かすかに目を開けた。無菌ケースをみんなで取り囲む。

「パコ！」

思わず大貫は叫んだ。

「パコ！　パコ！」

「大貫さん！」

浅野に止められ、龍門寺には後ろから羽交い締めにされた。

「いいじゃないか、頬に触るくらい」

最期なんだから、という言葉をやっとのことでのみ込む。

パコは静かにまばたきをしながら、大貫たちの様子を見るともなしに見ていた。大貫は胸が痛んだ。記憶のないこの子にとって、無菌ケースの外を取り囲む大人たちは、見ず知らずの人たちばかりなのだ。

最期の瞬間に、見知った人に看取ってもらえないなんて、そんな悲しい話があるだろうか。七歳の少女がひとりぼっちで逝くなんて、そんな寂しいことがあるだろうか。

「先生」と大貫はもう一度だけ、浅野を見つめた。

「頼むよ、先生」

浅野は視線を泳がしたあと、再び大貫を見つめ、ゆっくりとうなずいた。

「わかりました。いいでしょう。大貫さんは神様に選ばれた人ですから。この子にたくさんの奇跡をもたらしてくれた人ですから」

タマ子が無菌ケースのチャックを開けてくれた。大貫は中に入り、パコの傍らに寄り添った。そっと腕を伸ばし、その頬に触れてみる。頬は温かかった。

パコは大貫を見つめ、その小さな唇を動かした。

「おじさん……。おじさん昨日もパコのほっぺに触ったよね」

「ああ、触ったとも。私は大貫だ」

「……大貫」

パコはにっこりと笑った。ほっとしてつくため息のような吐息をもらしたあと、笑顔のまま瞼を閉じた。

どうやら、パコはそのまま眠ってしまったようだった。なんて美しい寝顔だろう。大貫は見とれた。まるで天使みたいじゃないか。

だが、そのときだった。パコの心音を計っていた心電図モニターの音が、「ピー」と平坦になった。

「パコ……」

大貫の瞳から涙が溢れた。人目も憚らず、慟哭《どうこく》した。そして泣きながら必死にパコに笑いかけた。この子はやっと解放されたのだ。両親が死んだことも知らずに、ただただ待ち続ける日々から。目覚めるたびにやってくる七歳の誕生日から。永遠に終わることのない悲しみの無限ループから。

涙をこらえつつ、大貫はパコに微笑みかけた。

「パコ。おめでとう。今日は最後のお誕生日だね。これでやっと、お父さんとお母さんに会えるね」

# 本当のエピローグ

話が最後まで終わったとき、ぼくのハンカチは涙でびしょびしょになってしまった。堀米老人は、大貫さんの口まねを交えつつ言う。

「『おまえが私を知ってるってだけで腹が立つ』といつも言っていたこの人は、パコちゃんの心に残ろうと必死になるうちに、私たちみんなの心に残りました」

ぼくはぼろぼろの絵本を手に取った。

「この絵本は、そういう由来のある絵本だったんですね」

「はい……。けど、悔しいんですよ、私は」

「悔しい？」

思わぬ言葉に訊き返す。すると、堀米老人は大貫さんの遺影を見やってから言った。

「悔しくもなりますよ。彼とパコちゃんの話があまりにも美しいんですから。私が書いたその絵本よりもね」

「はい？」

ぼくは慌てて絵本の表紙を見た。題名の下にある作者の名前を見て驚く。そこには〈作・堀米健二〉とあった。

「もしかして、この絵本て堀米さんが？」

堀米老人は答える代わりににっこりと笑って、椅子から立ち上がった。

「それでは、これで私は失礼させていただきます。長々とお邪魔しました」

「あ、いや、お邪魔だなんて」

ぼくも立ち上がると、「あ、そうだ！」と急に堀米老人が大きな声を出した。

「どうしたんですか」

「いちばん大事なことを忘れてましたよ」

堀米老人は、胸ポケットから一枚の紙片を取り出した。よく見るとそれは絵本の一ページだった。

「これはですね、絵本の最後のページなんです。死んだガマ王子が、眠るように池の中を漂うところですよ」

そう言って堀米老人は、ぼくが持つ絵本の最後に、そのページを挟み込んだ。

「実はですね、パコちゃんが亡くなったあと、この人が」と堀米老人は大貫さんの遺影を見た。

「この人が絵本をばらばらに破いちゃったんですよ。この絵本はパコちゃんといっしょに読むためのものだから、もういらないんだって」

「だからこの絵本は、テープで貼って直してあるんですね」

「はい。それでその後、パコちゃんと過ごした日々を忘れないようにって、芝居に参加したメンバーが退院するたびに、ばらばらになった絵本を一ページずつ分けたんですよ」

「なるほど」

「けどですね、こんなもんなくたって、あの日々のことは決して忘れやしませんし」

堀米老人は誇らしげに言う。ぼくは笑顔でうなずいてみせた。

「ま、私が書いたその絵本は、題名もお話も不細工で全然売れませんでしたが、あの日、たくさんの心をつないだ世界一幸福な絵本ですよ」

「ぼくも、そう思います」

そう答えると、堀米老人は最高にいい笑みを浮かべた。

堀米老人を門から送り出したあと、ぼくは再び自分の部屋に戻り、絵本を手に取ってその表紙を眺めた。

「『ガマ王子対ザリガニ魔人』か……」

　これは堀米さんの言う通り、たくさんの人の心をつないだ、魔法の本みたいだと思った。

　窓から外を眺めると、しとしとと降っていた雨はとっくにあがっていた。窓を開けて空気を入れ替える。

　雲間から光が射してきていて、窓から見える木々の葉も、近所の家の屋根も、電柱も、みんな陽光を受けてきらきらと輝いている。一階のフラダンス教室からは、あいもかわらずのんびりとしたハワイアンが流れてきていた。

　堀米老人の話によれば、パコちゃんは眠ってしまうと、その日の記憶をすべて忘れてしまう。絵本を読んだことも、大貫さんのことも。

　しかし、パコちゃんは最後に大貫さんに頬を触れられたあと、あの世に旅立った。眠ってはいない。だからきっと大貫さんの記憶をずっと持ったまま、あの世に行けたんじゃないだろうか。

　ぼくはそんな道理の通っていないことを本気で考えながら、いや、実際にそうであってほしいと願いながら、静かに窓を閉じた。

この作品は、舞台「MIDSUMMER CAROL ガマ王子vsザリガニ魔人」(作・後藤ひろひと)の脚本を元に、長編小説として再構成したものです。

本書は書き下ろしです。原稿枚数311枚(400字詰め)。

# パコと魔法《まほう》の絵本《えほん》

## 関口尚《せきぐちひさし》

平成20年7月25日　初版発行
平成20年9月15日　5版発行

発行者――見城徹
発行所――株式会社幻冬舎
〒151-0051東京都渋谷区千駄ヶ谷4-9-7
電話　03(5411)6222(営業)
　　　03(5411)6211(編集)
振替00120-8-767643

印刷・製本―中央精版印刷株式会社
装丁者――高橋雅之

万一、落丁乱丁のある場合は送料小社負担で
お取替致します。小社宛にお送り下さい。
定価はカバーに表示してあります。



幻冬舎文庫

ISBN978-4-344-41161-6　C0193　せ-3-1